少年纤夫

［德］海德维希·玛格丽特·魏司-索伦伯格　著

葛囡囡　译

张昌龙　校译

时代文艺出版社

图书在版编目（CIP）数据

少年纤夫 /（德）海德维希·玛格丽特·魏司-索伦伯格著；葛囡囡译. -- 长春：时代文艺出版社,2022.11
ISBN 978-7-5387-7057-5

Ⅰ.①少… Ⅱ.①海… ②葛… Ⅲ.①长篇小说－德国－现代 Ⅳ.①I516.45

中国版本图书馆CIP数据核字(2022)第178973号

吉林省版权局著作权合同登记　图字：07-2021-0001

少年纤夫

SHAONIAN QIANFU

[德] 海德维希·玛格丽特·魏司-索伦伯格 著　葛囡囡 译　张昌龙 校译

出 品 人：陈　琛　奉节县文化和旅游发展委员会
选题策划：潘万山　雷庭军
项目策划：傅　寒　张　勇
责任编辑：李贺来
装帧设计：胡靳一　何　璐
排版制作：何　璐　隋淑凤
插　　画：刘镇豪
摄　　影：弗瑞兹·魏司

出版发行：时代文艺出版社
地　　址：长春市福祉大路5788号　龙腾国际大厦A座15层 （130118）
电　　话：0431-81629751（总编办）　 0431-81629758（发行部）
官方微博：weibo.com/tlapress
开　　本：880mm×1230mm　1/32
字　　数：97千字
印　　张：5.5
印　　刷：三河市万龙印装有限公司
版　　次：2022年11月第1版
印　　次：2022年11月第1次印刷
定　　价：39.90元

本书淹没于历史风尘之中已久，

能够在今天重新翻译出版，

相信依旧还能给有识之士以贡献。

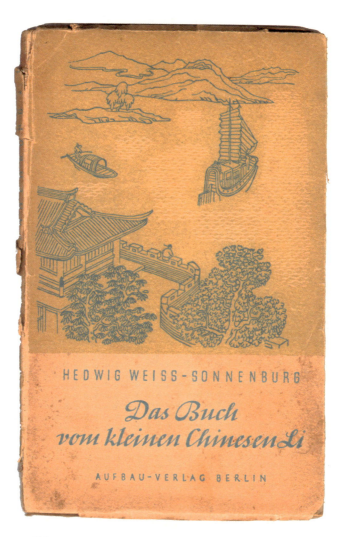

HEDWIG WEISS-SONNENBURG

*Das Buch
vom kleinen Chinesen Li*

AUFBAU-VERLAG BERLIN

德文原版《中国少年——李》（即《少年纤夫》）其中一个版本的封面

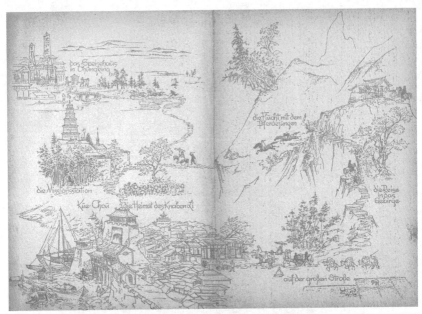

德文原版《中国少年——李》（即《少年纤夫》）另一版本环衬上的插画

少年纤夫小李人物原型

长江三峡的纤夫（一）

长江三峡的纤夫（二）

奉节碛坝盐厂

船行瞿塘峡

瞿塘峡激流

白帝城和滟滪堆

瞿塘峡古栈道

前言

PREFACE

　　我的祖母海德维希·魏司，婚前本姓索伦伯格。1911年辛亥革命时来到中国。她当年二十三岁，刚刚嫁给了新任命的德国驻成都总领事弗瑞兹·魏司。两人花了一个多月的时间一起乘船从德国出发去中国赴任。当时时局动荡，许多外国人因为安全原因离开了中国。但海德维希是一位勇于冒险的年轻女士，她不顾德国外交部的警告，仍然同丈夫一起乘一艘木帆船沿长江逆流而上，穿越三峡抵达重庆。——通过三峡到上游重庆的冒险旅行，这是当时到达成都的最好方式。海德维希和弗瑞兹多次骑马穿越中国西南部。他们足迹所至的一些地方相当偏僻，包括大小凉山彝族居住的地区。弗瑞兹后来被任命为德国驻云南新的总领事。三年后他们从成都搬到了云南。海德维希在云南家中生下了她的两个女儿。

　　海德维希具有世界各地的丰富经历，她以客观开放的眼光观察看待中国老百姓每天的日常生活以及当时存在的许多社会不公。海德维希喜欢写作，在中国期间她在德国的报刊上发表过几篇关于中国的文章。回到德国后，她撰写了小说《中国少年——李》（中文版译成《少年纤夫》）。在该书的第一版中，她以万花筒般的视角描绘了四川（当时，重庆也包括在四川内）社会的方方面面，包括沿长江的艰苦跋涉、清朝将军端方的衰落，以及有关少年纤夫李的故事。《中国少年——李》一书中的描述给读者呈现了当时中国社会不同阶层的真实状态。后来海德维希进一步扩充了这个故事，并在德国多次修改出版。这本书是她后来成为一名长期职业作家生涯的开端。

　　我至今仍清楚地记得小时候祖母讲的关于中国的故事。我姐姐塔玛拉和我总是乖乖地坐在沙发上听她朗读《中国少年——李》——这是我最喜欢的一个故事。一生中，她始终将中国及其人民保留在她心中。她一直想再回来看看这个国家，但遗憾的是这再也无法实现了——1975年她在德国去世。她曾希望《中国少年——李》翻译成中文在小说主人公的家乡出版，这个愿望今天终于实现了！

　　感谢我的姐姐塔玛拉·魏司，她搜集和整理了我祖父祖母当时在中国拍摄的大量照片和资料，这些珍贵的老照片 2009 年由四川大学出版社出版，展现于《巴蜀老照片》一书中。我们的祖父母还曾录制了长江三峡沿岸纤夫雄壮的号子，那些声音相当独特和珍贵。塔玛拉·魏司 2005 年追随我祖父母当年行走于长江和四川的足迹，为欧洲电视台拍摄制作了一部纪录片，回顾当年他们在中国的生活。

塔玛拉·魏司于 2016 年去世，享年六十六岁。《少年纤夫》的中文版正式出版，是对塔玛拉·魏斯最好的、特别的纪念！

Ramon Alexander Wyss 拉蒙·亚历山大·魏司：博士、核物理学家、瑞典皇家理工大学前副校长

序

　　一百多年前的近代中国，国门已经初开，接踵而至的首先是传教士、商人和外交官。这些人对于遥远东方这个传说中的神秘大国，充满了各种好奇，急欲向西方世界描述和传递关于这块土地的各种信息；更有趣的是，那时的欧美，已经诞生了第一代照相机；他们多已带着这种利器而来，拍摄了大量的胶卷，更能直观地向自己的国民报道和展示中国的山河、市井和官民生活。

　　此时，德国驻四川总领事魏司夫妇，从上海前往成都就任期间，乘船路过三峡。他们在夔州（奉节县）停留数日，被三峡美丽的风光、惊险的旅程、质朴的纤夫所打动，他们也做了不少文字记录，拍摄了很多照片，还用当时最先进的第一代留声机，第一次记录了原声的三峡纤夫号子。

他们在成都使节数年，回到德国后念念不忘。领事夫人以夔州为背景，以少年纤夫小李为主角，创作了一本小说《中国少年——李》。由于其人物和故事在那时的西方，几乎是闻所未闻和难以想象的传奇，因此该书在德国获奖，并再版六次左右。

也许从文学的角度来看，这本书并非顶级的儿童文学作品。它基本继承的依旧是世界儿童文学的一个母题——某某漂流或历险记。但在本书诞生的年代，那时的中国对整个世界来说，完全还是一个陌生且神秘的存在。不要说不了解中国的少年状况，就是整个成人社会在西方人的眼里，也都还充满着各种匪夷所思。因此当这本近乎纪实体的小说出版时，必然会引起太多人的关注——原来遥远东方的中国孩子，在如此小的年龄，已经要"背负"如此沉重的生活。

我当然熟知类似的少年故事，甚至可以说百年来始终还有如此流浪的"三毛"。这本书对我们今天的中国读者来说，其意义已经不是文学层面。我个人是在其中读到了当年三峡两岸的真实生活——因为在我们成长的年代，很多画面早已不复存在。比如我们在歌谣中熟知的三峡纤夫，他们究竟是怎样在悬崖峭壁上搏命讨生活，史书上是鲜有详细记载的。而本书的作者，当年正是乘坐这样的船只溯江而上，她的描写让我刻骨铭心地看见了那些惊险。

再比如当年奉节的市民生活、航运状况、手工商业、庙会市井，以及外来传教士的融入情形、陆地马帮的商旅行情、码头上的餐饮文化、辛亥革命前后兵荒马乱的形势、有钱人家收养孤儿继嗣家业的民风民俗，等等，都在这本书得到了展示。对于研究近代川东渝地社会生活史的读者来说，本书提供了很多一手的、真实可靠的信息。

可以看出，作者是最早来到中国，并对这块土地有着深刻认识和情感的人。中国自古是缺少少儿文学的，本书可以看成是关于中国少儿文学的一个开山之作。虽然作者不是中国人，但是在她来中国之后不久的白话文学运动，才使中国才有了新式小说，也才有了儿童文学作家。本书淹没于历史风尘之中已久，能够在今天重新翻译出版，相信依旧还能给有识之士以贡献。

关邑

2020 年 12 月于清迈

目录

原序

PREFACE

中国少年纤夫小李真的存在吗?

很多德国小朋友读了这本书后都会好奇地问这个问题。是的,他曾经就站在我面前,注视着我;而我也常常想起他,想起他的故事,还把他的故事记了下来。这其实不是小李一个人的故事,而是千千万万个中国男孩儿的故事。小李们住在江边,从小便被滔滔的江水深深吸引,就像我们的男孩儿向往大海,向往在无边无际的大海里航行一样。中国有很多人临水而居,靠水生活。在船只搁浅的水边,身手敏捷的男孩儿总能找到活干。

你们也许会问:"他们的爸爸妈妈允许吗?"是的,19世纪末的中国有很多穷人,穷人家也会有很多孩子。父亲是家里的主要劳动力,为了养活一大家子要不分昼夜地辛勤工作。家中年长的男孩儿既要帮着父母照看弟弟妹妹，还要跟成年人一样干家务、做农活或者当学徒，如果不愿意，也可以在水上找份事做。在水上干活的他们常常不会回家，虽然有时也会想家，但每当想到父母要养活家里那么多人，想到家里年龄稍长的弟弟妹妹不仅要照顾更小的弟弟妹妹还要帮着父母劳动，他们也就不想回家了。

中国疆域辽阔，河流众多。这里有流经黄土高原的黄河——滚滚而来的黄河水夹带了大量泥沙，河水呈浑黄色，黄河之名也由此而得，此外还有奔流不息的长江和从广州入海的珠江。

很多城市都是在大江大河与支流交汇的平地上建立起来的，那里成年累月地停靠着成百上千、各式各样的船。对许多人来说，船就是家，家就是船。小船里住的都是穷人，每家都有很多很多孩子。年幼孩子的背上一般捆着一根绳子，后面拖着一个小竹桶。一旦从船上掉进水里，小竹桶就浮在水面，因为船周围到处都是人，所以落水的孩子大多能第一时间被人从水里救上来。年纪稍长后，这些孩子就会成为游泳的好手。

每到春天，洪水便会夹着大大小小的石头和泥沙从山上滚滚流下，洪灾就这样爆发了。有时候洪水漫过堤坝，漫过广阔的土地，威力堪比大海。仅仅几个小时，农田和村庄就被洪流吞噬，而那些贫苦的可怜人只能在时间的夹缝中，带上全部家当逃亡。住在黄河两岸的穷人尤其可怜，他们总是一次一次地遭遇洪灾，从而被卷入凄惨的命运。每当洪灾来临，黄河两岸饿殍遍野，洪水夺去了农民所有家当，迫使他们远走他乡。他们走在崎岖的小路上，只是希望能有一个安身之所。逃难的路上到处都是境遇相似的难民，很多家庭要走很久很久，走到很远很远的地方才能找到短暂的栖身之处。父母背着、扛着家里稍微值点儿钱的东西，背着挑着最小的孩子，稍大一点儿的孩子要背起尽可能多的家当跟着逃命，虽然所谓的家当可能只是一个普通的烧水壶、一只小母鸡，或是一袋米或一袋豆子。

有时候，父母走投无路了，不得不卖掉一个女儿去换取全家活命的口粮，而城里的富人也非常乐意买这样的女孩儿。女孩儿从小住在佣人房里，很早就开始学会做各种家务。其实我还认识这样一个小女孩儿，也写了她的故事。不过现在我要给大家讲讲小李的故事。

海德维希·魏司

第一章

父 亲 走 了

这个故事发生在神秘遥远的中国，不过中国人更愿意称它为中央帝国，因为在他们心中，中国是世界的中心，是世上最大、最美的国家。当然，说到中国的"大"，这的确有一定道理，因为中国是这个世界上面积第二[1]、人口最多的国家。你一定也听说过吧，中国的人口数量是地球上人口总数的五分之一。

整个中国如同一个独一无二的大花园，许多城市都有坚固的城墙，城里挤满了人，像密密麻麻的蚂蚁一样。每天，大型的客船、货船行驶在那些宽阔的河流和纵横交错的河道中，还有人坐着轿子，推着车，或者骑着马，也有商队牵着驮载货物的牲畜穿行在狭窄的小路上，当然也有一些苦力只能背着货物徒步几百公里。

在中国，每个人都要非常的努力，否则就会陷入贫困，甚至填不饱肚子。

---

1. 译者按：此为清末时期排名。

当然，中国还有很多很多孩子。一个母亲一生中可能会生下十个、十五个，甚至更多的孩子，尽管其中不少孩子因为饥饿或疾病而夭折。

即使一个孩子可以健康无恙地成长，他也要在年纪不大的时候开始独立，开始照顾家里的弟弟妹妹。而这个年龄的德国孩子的世界里却只有"玩"。大概到了九岁或者十岁，这些穷苦的中国孩子就要去当学徒，去绸缎庄打工，或者去当马童或者船夫。是的，我们在马路上经常会看到一些年纪不大的男孩儿在弯着腰做着刺绣的活计。

我们的小李就是这样一个生活在长江上游一个很有名的城市夔府——也叫夔州——城里的穷孩子。他虽然没有很多兄弟姐妹，但他还是希望早早独立，凭借自己的聪明和力气，当然还要靠着一点点运气谋生。

一天，小李坐在他家乡夔州城老城墙残破的城垛上，百无聊赖地用脚后跟有一下无一下地敲打着因风吹日晒而变得老化斑驳的墙砖。他长得非常喜庆，脸圆圆的，眼睛漆黑，狭长并透着一丝狡黠，头上耷拉着一个绑得结结实实的辫子。和大多数中国男孩儿一样，他穿着一件蓝色棉布褂子，一件侧面扣着布扣子的坎肩，还有一条只到小腿肚、已经洗得褪了色的裤子。

天气不错。一朵朵粉红色的云飘在阴沉沉的天空上，汹涌的长江推着潮水拍打着水岸，水岸和城墙之间是一段浅灰色的沙滩。

小李喜欢坐在高高的城墙上，低头看着停靠在江边的船和那里的沙滩，船和沙滩似乎形成了一个摇摇晃晃的世界。偶尔，他也会情不自禁地大声哼唱几句小曲儿，小曲儿是晚上从茶馆里飘出来的。小李从那儿往下看，看到人们挑着木桶，拥挤着走到浅滩边，往水桶里装满水，一颤一颤地挑进城里；岸边停靠着大大小小的帆船，孩子们大声叫嚷着在帆船之间穿行，他们在小李看来就像一个个移动的小球；挑着货物的货郎摇鼓叫卖自己的货物，沙滩上招揽生意的剃头匠麻利地给客人系上围布。

一艘艘帆船停在岸边，船挨着船，通过钉在沙土中的木桩固定。这些破破烂烂的小船，顶棚大多已经破损，居住着社会最底层的穷苦老百姓。离小船不远的地方还停着一些大的货船，其中运盐船最大、最漂亮，船壁由抛光的棕褐色木头制成，在阳光下泛着亮光，好像在和干净、光滑的甲板比美。

小李挑着两只水桶来到河边，他的正前方是一艘游船，船顶上方飘荡着一面象征大官的三角旗。船上的一排窗户在阳光下光亮如镜。摇船的船夫走了出来，然后是船长。哎呀！一排烟花被点燃，噼里啪啦的声音非常悦耳。头上系着蓝色头巾的船夫用力敲了一下铜锣：

咣！咣！铜锣声响彻云霄，岸边的人全都驻足看向游船。

这时，船舱门打开，从里面走出来一个穿着灰色丝质长褂的官员。他的手里拿着一柄彩色的扇子，向岸边的轿子打了个招呼。一个脸上涂抹了红白胭脂、举止高雅的女士坐在轿子里向他微微鞠躬示意。

游船的跳板被收起，最前面的船夫用长长的竹竿撑起船，船渐渐离开沙滩，每侧六名船夫都听从船头架长的号令，一起喊着号子，光着脚打着拍子。领唱者用响亮的声音唱出一段歌词，然后其他人一起附和唱着：嗨嗬！长长的船桨划过波浪，从船头缓慢落下，潜入水中，又慢慢探出头来。整艘船突然起动，朝广阔的水面驶去。

此时，瘦弱的小李身体一颤，他的内心深处发出一声叹息：这艘船会驶到哪里去呢？日复一日，年复一年，从不间断；奔流不息的长江流向何方？他又该何去何从呢？小李的眼睛一直盯着已渐远的船，直到它缓慢地在一个大转弯处消失。

这时候，小李如梦初醒，意识到自己并没有随着大船航行。难道他就没有机会航行吗？是的，他是铜匠的儿子李洪顺，他这一生注定要和父亲一样终日与锤子和铁炉为伴，每天从早到晚用锤子叮叮当当地敲打在砧铁上。除此之外，他还有其他糊口的可能吗？

小李缓慢站起来，脚下是他刚刚放到地上的两只盛满水的水桶。一条毛发蓬乱的白色野狗鬼鬼祟祟地靠近其中一只水桶。小李上前一脚，生气地大声呵斥道："你这野狗！"他的好心情都被大船带走了。野狗对小李这样的中国少年意味着什么——胡同里的垃圾？出气筒或者勉强用来填饱肚子的糟糕的食物？

小李的眉头皱了起来，瘦弱的肩膀挑起挂着两只水桶的扁担，晃晃悠悠地往家走。走过那段比较平缓的沙滩，小李的呼吸急促起来。他的前面是几百级陡峭的土坎，土坎尽头用大石条砌成的依斗门，似乎耸立在云端之上。小李当然不知道，一千多年前，杜甫曾在夔州住了近两年，一位知府取杜甫的诗句"每依北斗望京华"命名这座雄伟的城门——依斗门。他吃力地走一段，歇一下，再走一段，再歇一下。每走几步，水桶里的水就会荡出来一些。等他气喘吁吁地爬到人声鼎沸的城门洞时，差不多只剩下半桶水了。

驮着行李的小马和骡子斜着从石梯上踢踢踏踏地走下来，蹄子重重地踏在石梯上。小李不得不躲到旁边，然而，每当它们从小李身边经过，小李几乎要被挤倒；可是没人会帮他，他不得不挑着半桶水穿过城门，快步走过两边矗立着绸缎庄的大街。每家绸缎庄里都有一个胖乎乎的掌柜站在柜台后面，旁边还有由女仆陪伴着来店里购物的、穿着精致的顾客。此时，一排轿子挡住了

道路，一匹马从拥挤的人群中挤过，马上的人大声吆喝：

"闪开，闪开，给我主人让让！"

是的，让个地方！大家都需要地方，都想超过他。这个肥头大耳的开路先锋经过小李身边时顺便踢了一脚路边瞎眼的乞丐，小李不幸被殃及，他好不容易从河边挑回来的水又从桶里荡出来一些。小李几乎被水桶压成了驼背，无可奈何地回到铜匠汇聚的小巷——铜匠街。

叮叮当当！叮叮当当！空荡荡的铜匠铺里传出来的声音从来没有像今天这样让小李感到亲切！光滑的水壶和茶壶被焊炉中炭火的小火苗烧得灼热，微弱的光线投射在弯腰干活的铜匠们脸上，豆大的汗珠从他们的脸上滚落，随即又滚落到他们辛勤劳作的手上。虽然四面八方的铜匠铺都向外传出叮叮当当的响声，但小李还是可以辨别出哪个声音来自父亲的铺子，毕竟他从小就听着这个声音长大。

一走进这条小巷，小李就在努力寻找属于父亲铺子的声音，可是他什么都没听到，这是怎么回事？他紧张地盯向铺子，忽然发现里面空无一人，铜锅孤零零地立在墙边或桌子上。锻炉上放着一个尚未打成的大水壶，炭火微弱的火苗隐隐约约，好像就要熄灭了。

小李急匆匆地迈过铺子的门槛，身子一歪，木桶中的水洒了一地。小李环视房间，空荡荡的房间让他不解和无助。为什么看不到父亲和学徒熟悉的身影？往常，父亲总是坐在小板凳上，向前弓着瘦弱的、裸露的身体，抬起头，半眯缝着眼睛看着走进房间的儿子。小李早上起床时，父亲已经在铺子里干活了；到了晚上，小李到父亲卧室的角落里睡觉时，叮叮当当的敲打声音又伴他入梦。

这时，小李放下水桶，把破烂的门帘往旁边一拉，走进铺子后面黑暗的小屋。

静寂，死一般的寂静，只能听到上百只苍蝇在桌上的剩饭附近飞来飞去，发出嗡嗡的声音。小李踮起脚尖穿过小屋，破旧的棉布帘后面是一张宽宽的床，上面躺着一个蜷缩的身体，小李屏住呼吸，弯下腰去看躺在上面的人，然后惊奇地问：

"爹，爹——你睡着了吗？"

父亲并没有回应。

小李被恐惧笼罩，跳着逃出了小屋，向外跑的时候差点撞到继母。继母此时正背着一个一岁左右的孩子悄无声息地走进来。小李和继母的关系不好，所以当继母想要抓住他训斥的时候，他挣脱了，逃到大街上。

暮色降临，家家户户关上了铺子门，落下了闸板。小李蹲在铺子的门槛上，内心焦急，极力捕捉从小黑屋里面传出来的声音。弟弟大声哭起来，但没有人哄他。

过一会儿，裹着小脚的继母急匆匆地走来走去，她走出来把弟弟扔给小李，命令他们回到铺子里，然后自己回去照顾躺在小黑屋中的病人。

小李坐在父亲平时坐着的小凳子上，努力哄着弟弟，他一边敲击光滑的铜壶，一边轻轻摇晃弟弟。直到小李筋疲力尽，弟弟才安静下来。此时，小李又能听到昏暗的小屋里发出的声音了。不过，小李这一整天累坏了，他的头不自觉地耷拉下来，竟紧紧地抱着弟弟睡着了。

第二天早上，太阳还没有照到铺子前面狭窄的街道，小李突然被凄惨的哭声惊醒。他吓得跳起来，腿上的弟弟突然大哭起来，此时头发蓬乱的继母跑到铺子前，大喊："死了，死了!"她尖锐的叫声响彻整个铜匠街。

"死了，他死了! 啊，我成了可怜的寡妇!"继母捶胸顿足。周围的邻居陆陆续续聚过来。继母跪在地上，头重重地磕在地上。男人们去了后面的小屋，女人们则扶着这个可怜的女人，尽量让她站直。

慢慢地，小李明白发生什么了，他的父亲死了! 渐渐地，前所未有的绝望和空虚禁锢着他的心。

小李，这个从来不被人关注的长子，忽然之间成了葬礼上最重要的人物。虽然他还不习惯自己的新角色，甚至只想尽快远离父亲的灵柩，但人们不让他走。他的奶奶和很多叔叔婶婶来参加葬礼，给他穿上未经漂白的、手织的白布衣服，还在他的额头上绑了一条白布，从脑后一直拖到屁股——这是葬礼的标志。是的，不满一岁的弟弟也被绑上了一条相同的白布。女人们戴上白色的头巾，围坐在棺材旁边，连续哀号了几个时辰。

铺子前面竖起一根长竹竿，上面挂着招魂幡。小李父亲去世的第二天，做法事的道士们来了。他们穿着鲜艳的黄色道袍，吹奏起刺耳的哀乐，悠扬而又洪亮地念着各种经文。

不过并非所有的事情都无聊，小李发现烧纸钱就很有趣。纸钱要在铺子门口烧，小李的奶奶把这个任务交给了她最信任的孙子，小李则请争先恐后的邻居小孩帮忙，孩子们跪在地上，虔诚地烧着纸。小李一边烧纸钱，一边在心里盼望父亲在另一个世界中可以好好花这些钱。

终于到了丧礼的最后一天。风水先生费了很多工夫才找到一块合适的墓地。天色阴沉，淅淅沥沥的小雨从天空飘下来。天还没亮，道士掀开小李父亲棺材的盖子，带着小李等十几个守夜的至亲围着棺材转了一圈，看上死者最后一眼。小李的父亲躺在棺材里，穿着黑色的寿衣、寿鞋、寿帽，与生前熟睡的样子相差不大。道士合上灵柩的盖子。一个提着斧头的木匠走过来，在棺材盖子上用斧头背钉进八颗大木钉，这就是人们常说的的盖棺。

屋内一片压抑的哭泣声。屋外，一个矮小的男人站在门口，高高举起一个酷似手榴弹的三眼炮，点燃引线，火苗迅疾从灌满黑色土火药的三个孔中直喷天空，三声"砰砰砰"的巨响震醒了半座城市，噼里啪啦的鞭炮声响起，八个壮汉用木杠把棺材抬了起来，小李的继母和奶奶发疯一般地揪住棺材。"我的儿呀，我苦命的儿呀，你嘟个要走得恁个早呃，你嘟个要走得恁个早啊！你好狠心啊，你都不管老娘了啊，你要走好啊……"小李奶奶的哭声颇有韵律感；而小李的继母早已哭干了喉咙，但沙哑的声音仍让人感到撕心裂肺，豆大的眼泪顺着脸颊流下来，滚落在地上。

一群女街坊边劝边把她们从棺材旁边拖到里面的小屋。按照习俗，乞丐也要跟着一起送葬——他们破烂的衣服上缝了一些彩色的饰品，拿着招魂幡、族谱和一个非常漂亮的、用篾条和白纸扎成的房子走在队伍前面——这个纸扎的房子将是死者在另一个世界的家，要在墓地烧掉。"可是父亲为什么在阳间就不能住上这样一座精美的房子呢？"小李突然想到。乞丐们一边走一边把白纸剪成的纸钱撒向空中，很快便飘得一路都是——这是死者的买路钱。

乐师们站成一排，用锣、钹和唢呐演奏出一时低沉一时急促的音乐在前面开道，后面跟着几个道士，然后是可怜的小李。小李身上有条绳子连着父亲的棺材，这样看起来就像是他拖着父亲走。两个成年男人保护在小李左右，仿佛他身体虚弱得无法独自行走。出丧的队伍走到城郊，突然停了下来，八个壮汉要把棺材放下，小李转身才发现棺材后面还有两个背着长板凳的大汉，他们迅速把长板凳垫在棺材下面。小李旁边的两个大人把他的肩膀一按，小李不由自主地跪了下去。"快磕头！"不知谁说了一句。小李立即对着父亲的棺材像捣蒜一样磕起头来。不知过了多久，小李突然听到一声"起"，八个壮汉一起把棺材抬了起来。这样走走停停，已经三个晚上几乎没有睡觉的小李被折腾得筋疲力尽，感觉要晕了过去。

墓地选在夔州城后面五公里左右的冉家坪，据说人称鲍爵爷的鲍超就葬在这里。鲍超是夔州几百年来出的最大的官，墓地自然是优中选优。小李拖着快要散架的身体，木然地随着出丧的队伍走到冉家坪时，时辰已近午时。一片坟地中间已经挖好一个留给死者的坑。小李这才发现送葬的队伍只剩十来个人了。虽然是夏天，这里却是山中的农村，冷风袭来，显得格外的冷清。八个壮汉把棺材放进墓坑，风水先生指挥八个壮汉调整好棺材的朝向，再用锄头把周围的土掩在棺材上面。小李突然号啕大哭起来，他眼看着父亲从病到死，从活人变成

第一章 父亲走了

尸体，再把尸体放进棺材，从今以后连棺材也看不见了，他这时才真真切切地感受到父亲永远永远离他而去了。一个大人过来把他拉到两百米开外的一个牛圈里，叫他在这里将就一会儿，走的时候再来叫他。小李止住哭泣，不到几分钟就进入梦乡。等小李被人叫醒时，那人告诉他别向后望，跟着他们一起回城。不知什么时候，细雨停了，弱弱的阳光照在起起伏伏的田野上。

第二章

小小马夫

　　小李家的铜匠铺突然安静下来，安静得让人感到一种可怕的寂寞！其他铜匠铺都有敲敲打打的声音，而小李家里却静悄悄的，那些老伙计再也不来了。继母准备回到她的娘家柏杨坝，然而她的婆婆并不赞同，常常因此大声咒骂，骂人的劲头仿佛要把死者从坟里喊出来。继母很快花光了父亲留下来的积蓄，于是把小李父亲留下的铺子以及铺子里的材料和工具卖给了邻居——邻居的儿子结婚后需要自己开一家铜匠铺。

　　和邻居商量好价格后，继母小心地拿着闪光的银圆躲到后面的小黑屋，数了一遍又一遍。小李在旁边看着，头一次对继母产生了崇敬之情，继母太富有了，小李出生以来第一次看到这么多钱。数好钱后，继母迅速把钱放进衣服里面那个亚麻布钱包里，然后把所有家当都放进一个黑色大箱子里。小李的家就这样被清空了。一切发生得那么快，那么突然，小李都来不及适应。第二天早上，继母穿上一件崭新的蓝色褂子和一条白色裤子，然后帮助小李费力地钻进父亲的一件旧衣服里——虽然这件衣服已经根据他的身材做了改动。小弟弟戴上一顶带有彩色流苏、中间画着一只漂亮小老虎的新帽子。

继母把自己的亲生儿子结结实实地绑在背上，而小李却要背起一个鼓鼓的布袋子，袋子最上面露出一个铜制的烧水壶。一个上了年纪的挑夫灵活地背起那个黑箱子。他们走出城门，从大南门码头坐船到达安坪场镇，再向遥远的山区行进。

小李的继母和弟弟坐在手推车上，小李则背着本不值钱的行李跑在尘土飞扬的路上。炙热的太阳烧烤着大地。继母和弟弟坐在车上昏昏欲睡，手推车偶尔发出刺耳的或嘶哑的声音。小李耷拉着脑袋，心不在焉地走在路上，半梦半醒。过去的几周对年幼的小李来说极不真实，不论是父亲的去世还是继母突然做出返回她娘家的决定都仿佛一场梦。

他们这样走了三天。一开始，旅途给小李带来不少乐趣。人们行走在稻田间蜿蜒曲折的乡间小路上：富人坐轿子，穷人推车，还有人骑着小马驹——铃铛发出叮叮当当的声响，年轻的马童跟在后面一路气喘吁吁地跑步跟着。骡子驮着商队从山的另一边过来，遇上这支队伍。打头的骡子长着一小撮特别显眼的红色的毛，骄傲地昂起头。他们走过热闹的集市，穿过隐藏在茂密竹林中的小村庄。村头往往有大大的水牛，还有朝他们吠叫的狗群。

村子前面建有一间间小亭子，里面摆着准备卖给路人的梨子、核桃和甘蔗。小李的兜里还装着一点儿钱，每走过这些小亭子，他就兴冲冲地跑过去买根甘蔗，然后一边啃一边走路。对小李来说，最美好的是他们早晚在村子休息时，刚刚揭开盖子的米饭的香气从路边的客栈里飘出，然后，小李和继母就骄傲地坐在桌边品尝美味的米饭和拌了不少调料的小菜。

他们已经走了三天，但前面还有三四天的路程。小李早已没有了旅途开始时的兴奋和快乐，脸上满是疲惫。原本干净的衣服也满是灰尘，被大雨淋湿后又被炽热的太阳烤干，然后又被淋湿，再被太阳烤干。衣服上甚至还有些恶心的红色泥点——这是因为他跌倒时，衣服上沾到了泥土。另外，他的布鞋已经露出脚趾头了，白色的绑腿也已经穿坏——尽管他在行程开始时曾经以自己的这身行头为傲。他在路上给自己买了一双草鞋，否则早就要赤脚走路了。

他们从昨天开始就远离大路，经过一条狭窄、陡峭的小路爬山。小李的继母租了一头很小的骡子，和小李的弟弟骑在上面，而小李却不得不背着布袋跟在后面。小李从小生活在城市，这样的路对他来说太难走了。他

一步一步地向山上爬去，爬得很慢，不但途中无法休息，而且还要被炽热的太阳折磨。路上也没有茶馆或者水果铺了。小李特别难过，再也无法对这艰难的山路产生好感，孤独和寂寞时不时侵袭他的心。他们此时经过的村子更加贫穷，破旧的房子经常大门紧锁。更重要的是，他们随身带着的米越来越少，只能吃剩下的"馍馍"，就是用玉米面做的圆形点心，他们叫"苞谷粑"，可是小李一点儿也不喜欢吃这个。他路上还了解到，继母的娘家在遥远的大山里，和他们一路上见到的这些又穷又破的小村子一模一样。小李真的不喜欢这种地方，他不想跟着继母一起走了。另外，继母一路上都在跟别人抱怨自己有多么穷，自己必须要养活这个和自己没有任何血缘关系的小子。这些都让小李更加坚定了自己的想法，他只是在等待逃跑的机会，他以后要自己养活自己。

　　幸运的是，这个机会很快就来了。一天早上，他们很早起床赶路。前面是见不到尽头的、陡峭的羊肠小道，头顶是刺眼的太阳。不论是人还是牲畜，都已被累得奄奄一息；即便大家脱下了褂子，太阳依然没有减弱一丝对他们的"烘烤"。三个小时后，他们在一座破旧的茅草亭子停下来休息，这时他们才吃上今天的第一顿饭，啃上两口苞谷粑。

　　亭前站着几匹瘦弱的小马驹，忧郁地耷拉着头，鬃毛乱蓬蓬的。一个十三四岁的马童坐在茅草亭里，脚搭在长凳上面，手支撑着脑袋，啃着手里剩下的半个苞谷粑，打量着进来的人。小李的继母疲惫地走到茅草亭的角落，坐下休息，小李猜想应该是给他们找点东西吃，但这里只有干巴巴的苞谷粑，除此之外，就是角落里的一汪泉水。

过了一会儿，小李靠近了马童，坐在他对面。马童问小李：

"你们去哪儿？"

"我的后妈要回她娘家。"小李回答说。

"你后妈的娘家在哪里？"

"柏杨坝。"

"你呢？"

一个念头在小李脑中闪过。

"我想回夔州府！"

他直勾勾地看着对面的少年。那个小马童并不蠢，马上就明白了小李的意思。

"我要把马带回夔府。如果我让你骑一匹马走，你能给我什么作为交换呢？"

小李打算把自己最珍爱的宝贝——那顶崭新的黑色丝绸帽——送给马童，马童也认为这个交易不错。就在这时，继母叫小李过去。小李一边在继母吃饭时看着弟弟，一边小心翼翼地观察给牲畜饮水的马童。小李心想，他应该是在等着自己？终于，他们这一行人要准备出发了。继母叹了口气，骑上骡子，马上又呼唤小李，她希望小李紧紧跟上自己。

"我把帽子落在屋里了！"小李喊道，"我马上赶来！"

就在继母在一个拐角处转弯时，小李赶快跳上一匹马，紧紧抓住缰绳，跟在头马的后面拼命地跑，快速跳下陡峭的台阶。

小李的新旅途快乐不少，但并不舒适。他先要下山。来的时候，他千辛万苦好不容易才爬到山顶，现在又要跑下去。幸好他现在有马了，那些看起来瘦弱的小马驹竟然可以非常灵巧地从台阶上跳下去。一匹棕黄色的小马驹自顾自地跑在最前面，马夫时不时地吆喝催促。马夫骑着一匹栗色马，他的身体随意地向后靠着，拉着缰绳赶马前行。小李在队伍最后，他不像其他赶马人那样怡然自得，而是魂不守舍，如坐针毡，不时回头看看是否有人追上来。他还没有完全掌握骑马的要领，身体偶尔突然前倾，几乎落到马脖上。每当这时，聪明的小马驹立刻仰头站住，等着小李调整好姿态，再继续向前走。

小李内心焦灼，他总想往后看看是否有人跟踪，但他不能这么做。在一个转弯处，因为没保持好平衡，小李突然从小马驹的头上狠狠地摔到地上。

他们一路没有停歇，直到傍晚才稍作休息。小李大口喘着气，现在已经走了这么远，应该不会有人跟踪了，继母不会为追他而花费人力物力，更不想再走一趟如此艰苦的回头路。"也许她正在庆幸竟是这样甩掉了一个累赘！"小李这样对自己说。终于，小李卸下了思想包袱，和大家一起来到小旅店休息。他很快便在马童身旁进入梦乡。

小李的惬意生活就正式结束了。马夫要把他的马租给三个去重庆的商人，这三个人中有两个瘦子，一个胖子。马夫的工作就是让他们尽可能舒服地到达重庆。小马童征求小李的意见：是跟着他们到重庆还是小李自己一个人回夔府？小李想想，自己一个人回去，一是不熟悉回去的路，二是还要坐船，可他身上已无分文，但想到风烛残年的奶奶，他还是有些犹豫。当马夫说一路不仅可以跟他们一起吃饭，还给他十个铜钱时，于是他立即答应马夫：跟着他们到重庆。其实，他内心深处也很想去外面的世界看看。

小李和小马童跟在后面赶马，还要为客人拿行李和雨伞。起初，两个少年还可以在下山时拉着马尾巴，但到了平地后，他们就不得不拿着马鞭在后面赶马了。

坐在棕黄色马上的是一个瘦削的男人，他走得一直不快，小马童跟在后面。第二个壮实的男人骑在棕色马上，马夫跟在马后。最后是骑在灰马上的胖商人，小李负责这匹马。他们的时间不是特别紧，但胖商人依然抱怨、谩骂其他急着赶路的商人。小灰马在小李的努力催赶下终于快跑起来，甚至由于向前力量太猛而使小李险些摔倒。骑在马上的胖商人可怜地晃来晃去，豆大的汗珠从他肥厚的脸颊上滑落。但大多数时候，他俩总是落在最后，胖商人偶尔还悠闲地撑起遮阳伞，因此他们总是比其他人晚一阵到达旅店。

马夫发现，因为小李他俩到的太晚，他们那匹马总是休息不够，小李也经常吃不上饭。于是马夫和小李两人换了马：他为胖商人赶马，而小李跟在那个壮汉后面。太阳在他们头顶上炽热地炙烤大地，地面上尘土飞扬，小李经常跑得上气不接下气，感到肺几乎就要爆炸了。此时，唯一能够安慰他的是他们离目的地越来越近了。他们终于离开了贫瘠的大山和狭窄的山路，回到了广阔的丘陵地带。小李感觉自己的呼吸仿佛顺畅多了，看到绿色的稻田就会产生特别的幸福感，路边小饭店里白米饭和茶让他的味蕾得到了前所未有的满足！

终于有一天，他们已经远远能够望见远方灰色的山和重庆城高高的城门。没过多久，他们见到了碧绿的嘉陵江。"吁——"小李一边用力地赶马向前，一边高声喊着："到了，到了！"他们遇到了越来越多的人。小李钻进熙熙攘攘的人群，终于穿过高高的城门进到内城。此时，他仿佛重新长出了眼睛、鼻子和耳朵，重新获得了新生一般。

久别重逢的气味、喧闹嘈杂的声音和无边无尽的人群！这一切的一切都是如此熟悉，和贫瘠孤独的山区是如此不同。小李在人群中被挤来挤去，但他非但不感到疲惫和厌烦，反而在完成任务——把三个客人送到一家宽敞舒适的饭店后——有了小小的幸福感。

他们傍晚时分到了目的地。小李此时已经非常疲惫，但他仍然在马路上走来走去，站在小饭馆门口那个正在用滚烫的热油炸着美食的大锅前张开嘴大口呼吸；然后，他就用自己一路上辛苦赚来的钱买了糖果，挤在茶馆前拥挤的人群中听说书人讲故事，最后，他在赌房里花光了剩下的所有钱。

钱花光后，小李才发现自己的肚子已饿得咕咕叫了。他折回到刚刚路过的小饭馆，站在那儿静静地看着热锅里面沸腾的油，从锅里飘出的香气挑逗着他的胃。大锅旁边放着已经煎好了被切成两半的松脆的鸭子，一个胖胖的厨子一边小心翼翼地往鸭子上面浇着酱汁，一边用嘶哑的声音唱出他已经做好的菜肴的名字。小李无奈地坐在饭馆门口的台阶上，他甚至有些羡慕站在马路上向过往行人要饭的乞丐——毕竟乞丐们有一套要饭的说辞，手里还拿着标志的要饭碗。当然，小李内心是清楚的，他是男孩子，必须自食其力，不能要饭！

小李悄悄地站在小饭馆的窗户外面，艳羡地看着里面大快朵颐的食客，忽然被一个穿着蓝色布衫、虎背熊腰的大汉吸引。"他一定是船夫！"小李想。大汉越吃越热，敞开了身上的大衫，露出胸前一瓣一瓣隆起的肌肉。他竟然已经开始吃第三碗米饭了，还配着美味的小菜。突然，这个船夫看到了窗外的小李，审慎地打量了已被晒得黝黑的小李后，朝他顽皮地眨了眨眼——他在示意小李进去。小李怯生生、慢吞吞地走到船夫身边，有些害羞。船夫递给他一碗米饭，又给他夹了些鱼。看到食物的小李两眼放光，接过船夫递过来的筷子，飞快地站着吃光了碗里的饭和鱼。小李真心感谢船夫！他不仅吃了饭，而且还有鱼，还用了筷子，这样他至少不用像乞丐一样用手抓着饭吃！窗外的乞丐们向他投过来愤怒和嫉妒的目光，嘴里谩骂和诅咒着他，但小李根本不在乎。那个身材魁梧的船夫，用粗壮的胳膊撑起脑袋，眯起眼睛注视着小李，问他："你从哪儿来？叫什么？为什么要饭？"

小李嘴里嚼着饭。

"我姓李。"

"李，然后呢？"

"李洪顺。"

"这个名字好特别,"船夫说道,"你知道吗? 这家饭馆的主人也叫这个名字,招牌上写着呢,你看一样吗?"

小李看了看饭馆那个竖直悬挂的长长招牌,红色的大字衬在黑色的背景上。可是小李不识字! 他不知道自己和饭馆老板的名字是否一样。这时,一个拿着水烟烟斗和火柴的少年在饭桌间穿行,船夫递给他几枚铜板,然后从少年手中接过水烟吸了一口。小李站起身来,向船夫深深地鞠了一躬,满足地走出饭馆。

第二天,马夫带着马童和小李离开了重庆,三匹马驮着新的货物。小李有些恋恋不舍。

一路风餐露宿,小李已记不得走了多少天了。

在离夔州城约十里的十里铺,突然下起了大雨,马儿又饿又累,大家都走不动了。

"我们给马儿喂点儿草吧,"马夫说,"进了城,就没有多少马儿的饲料了。"说完他耐心地蹲在路边。马夫头戴一顶巨大的斗笠,斗笠上用桐油浸过的防水布向下遮挡到鼻子。小李却没有一顶像样的帽子,他跟着吃草的马儿走到一条小路上。

小李在一片茂密的竹林中发现了地上有一小块地面是裸露的,这是因为进城的苦工总是在这儿歇息,并且把货物放到地上压出来的痕迹。不过现在下着雨,这个地方什么都没有。小李蜷缩在一小丛低矮的竹子下面，蹲坐在几株残留在地上的竹根上。这里虽然无法挡雨，但至少有几片叶子可以给他暂时遮挡些许。小李蹲在那儿观察雨如何落在叶面上，雨滴如何变小、变弱，又如何最后从叶面上落到地下。

　　小李想到，他再过几个小时就可以回到家乡了，他已经离开家乡好几个月了。但是如今，他并没有因此而感到高兴，尽管他曾经那么想念自己的家乡。不知道是不是过度的疲劳已经偷走了他之前所有的期待，他悲伤地盯着眼前潮湿的石子路，混混沌沌。

　　也是在一条石子路上，小李的继母和弟弟坐在手推车上，而自己却只能跟在他们后面赶路。小李的苦难生活似乎就是从那一天开始的，此后伴随他的只有苦难。他忽然想到自己已经十一岁了，然而他竟然从来没有关心过自己究竟是哪一天出生的。对他来说，所有的经历都是苦难，他几乎没有意识到自己只是个孩子，他之前都没有真正的玩过，也从来不知道"玩"是什么意思。

第三章

传教士女儿

"咕咕……咕咕……"小李抬起因为沮丧而一直低着的头,这不是鸽子吗?确实,竹林上两只白色的鸽子正在互相嬉闹,离他很近。小李伸了伸腰,舒展一下身体,他疲惫的脸上顿时有了生气。"抓住它们,拔光毛,再烤了吃!"这个念头像小火苗一样在小李脑海中燃烧。就这样办!

小李眼睛很"毒",他发现地上有个小石子,便光着脚丫悄悄走过去,用瘦瘦的脚趾头夹起小石子,然后转移到右手上。"嗖!"小石子飞了出去!哈,打中了!被击中的鸽子差点儿掉到地上,然而还是惊恐地扑打着翅膀飞走了,另一只飞快地扇起翅膀飞向远方。小李本来以为一旦击中鸽子,鸽子就会直接落到地上,然而事实上,这个可怜的小东西倾斜着身体飞上天空,从小李的视野中消失了。

它会落到哪儿呢?小李环顾四周,在灌木丛中爬行,四处寻找他的猎物。一个之前从未见过的、高高的灰墙突然出现在小李面前。小李想当然地认为鸽子落到了高墙的另一边。没有什么可以阻挡一个饿极了的中国少年！这些贴在墙边生长的竹子几乎和墙一样高，甚至有几根已经高过了灰墙。它们是用来做什么的？小李双手抓住竹子用力向上，又借助双脚的力量向上"嗖"地一跳，随即坐到墙上，然后盯着下面的草丛，寻找那只翅膀受了伤的鸽子。他跳下去想追踪自己的猎物，然而操之过急，竟重重地摔在地上。小李耷拉着脑袋，一声不吭地蹲在原地，已没有了刚才兴致勃勃的劲头。

小李此时并不知道，他现在不仅是在一个陌生的花园里，更是进入了另一个世界。坐落在花园中央的是英国传教士和教师们居住的房子、学校以及中国学生的宿舍。而小李跳进去的那个花园恰好属于传教士首领和他的家人。这个单层楼房位于网球场和菜园后面几百步远的地方，菜园后面其实还有一面篱笆墙，每到秋天，篱笆墙上尽是绽放的蔷薇花。

大约下午五点钟的时候，克兰牧师陪着家人和其他几个传教士坐在乡村别墅的院子里喝茶。克兰牧师十岁的小女儿小麦坐在脚凳上，把一块吃不下的米糕偷偷藏在杯子下面，然后跳起来，礼貌地问妈妈：

"妈妈，请问我可以离开了吗？"

戴着眼镜的女士是她的妈妈，问她："你都吃完了吗?"小麦这孩子不爱吃饭,又小又瘦,一到了炎热的夏天,她就更没有食欲了,因此脸色也更加苍白。她向妈妈点点头,说:"我吃光了!"然后就向门的方向跑去。

"不要去花园,外面下雨呢,去把你的手工拿过来,我们打桥牌,你在旁边做手工!"

"知道了,妈妈!"小麦回答。

穿着蓝色套装、系着白色围裙的艾玛正在给小麦的弟弟比利织一双小拖鞋,而小比利乖巧地坐在她脚下的垫子上玩。

"把我的雨衣拿过来,我要去花园。"

艾玛听了小主人的话,站起身来,伸手摸了摸自己光亮的黑发。

"快点! 快点!"小麦跟在艾玛后面喊。现在的她可不是大人面前那个腼腆的小女孩儿了。艾玛去给小麦拿雨衣,而小麦留下来和三岁的弟弟玩儿在一起。她的弟弟胖乎乎的,套着一件白色毛衣,看上去像是一个在垫子上滚来滚去的小肉球。可是,比利不喜欢姐姐和他玩游戏,大声哭了起来。这时,艾玛回来了,一边递给小麦雨衣,一边把她的小可爱比利弟弟放在膝上。

"我们的小可爱,你看,你姐姐多可恶!"艾玛开玩笑地责备小麦。小麦不以为然,咯咯笑起来,穿好外衣,戴上风帽,一跳一跳地离开了。小水坑里的水溅到她裸露着的纤细小腿上。小麦最喜欢去花园玩儿。她每天都要绕着网球场跑上两圈，然后到很多中国学生居住的狭长、低矮的房子附近转转。她特别想知道这些中国学生在干些什么。

路上，她似乎听到了什么声音，于是返回去。学生们正在做晚祈祷，练习星期天礼拜仪式上的合唱，但是小麦感觉他们唱得并不好听。她更爱看学生们练习手球，还想一起打球，可是爸爸妈妈不让她和男孩儿们一起玩儿，所以只有在爸爸妈妈看不到的时候，她才能偷偷加入他们的队伍。

小麦继续向前跑，一直跑到花园最深处。昨天，她本来已经准备在那里为自己盖个小草房。就在那儿，小麦见到了从天而降、衣衫褴褛的小李。小李坐在地上，困惑地盯着小麦。小麦同样吓得不轻，但她马上意识到，这个小孩儿一定不是坏人。她上下打量小李半天，然后用中文说道：

"你从哪儿来?"

小李没有马上回答，他还没有搞清楚究竟发生了什么，当然他也可能是被这个突然出现的小姑娘吓到了，特别是小姑娘长着一双蓝蓝的眼睛和一头金色的卷发。

小麦发现有点不对劲儿，她那敏感的小鼻子嗅到了危险的味道。她壮着胆子用自己白白的小手摸了摸皮肤黢黑的小李，想试试小李是不是发烧了。她听教会学校的男孩儿们说，染上疟疾的人会发热，身体热得像火炭一样。这个小男孩儿不像讨饭的，应该是生病了。

"等一下，"小麦对小李说，"留在这儿，你听到了吗？我去拿点儿东西过来。"她说着走开。哦，她终于可以干点儿什么了！她今天一整天都无聊死了，困得打哈欠，直到傍晚才终于找到点儿事情做。

小李慢慢恢复了知觉，首先想到的就是他的鸽子。在那里！小李蹲下身去，抓住了这个小东西，仔细端详着，仿佛要把它的脖子拧断。此时，小麦一蹦一跳地回来了，手里还拿了好多东西，这些都是鸽子的救命稻草。这个小女孩儿莽莽撞撞地，看到男孩儿手中的鸽子时，兴奋得差点把手里的东西全都丢掉。小麦蹲下身来，靠近小李。小李漆黑的眼睛一眨一眨，重新有了精神，嘴里还嘀咕着：

"拔光毛，烤了吃！"

"你从哪儿抓来的？"小麦好奇地问。小李看向围墙，回到外边的念头此时像是一块石头压在他心上。想到这里，他隐隐地感到脚很痛，头也嗡嗡直响，长吁了口气，便重重地躺到地上。

"你愿意把鸽子给我吗？"小麦一边问，一边把一把小小的棕色陶壶和两块米糕放在小李身旁。小麦心里想，这些东西作为交换应该已经够了！然而小李还是死死地抓住鸽子。

"拔光毛，烤了吃!"他轻声重复着。

"不要！你把它给我，然后我可以给你所有你想要的。"小麦慷慨地说。

这个中国少年目不转睛地看着小麦，他还从来没有这么近距离地看到一个欧洲人。虽然他偶尔可以在大街上看到坐着轿子的外国人，但从来没有哪个外国人对他如此感兴趣，就像他来自另外一个世界。此时此刻，他那个生意人的聪明脑袋里只萦绕着一个问题：那就是，这个金发的小人儿是怎么回事。他脱口而出：

"第一次见。"

小李试着站起身来，但立刻发现他站不起来了，虽然疼痛难耐，但他仍然努力控制自己不要大叫，只能无助地望着小麦。小麦的小心脏猛地一缩，心想：这个可怜的男孩儿怎么了？于是，她再次问：

"你从哪儿来?"

小李回答：

"小路那头，我是个马童。"

小麦先是打量了一下围墙的高度，然后似有所思地看看小李的脚，小李又补充说：

"我要怎么回去?"

小麦想到房子的另一侧应该还有个门，可是她不想她刚刚发现的这"宝贝"转瞬即逝，于是小心翼翼地问：

"你喜欢做马童吗？"

小李皱起眉头看着这个金发小姑娘。她对自己好奇吗？

"不喜欢！"他回答，想到这一路的奔波，他情不自禁地流下了眼泪。

"哦！"小麦说，她掏出自己的小手帕，帮小李先是擦干眼泪，继而擦了擦他的鼻涕。

"你不用再做马童了，你应该留在我们这儿！"小麦对小李说。

这个建议对小李来说同样是噩耗。为了避免尴尬，他递给小麦鸽子，抓住陶壶，呼呼地喝下热茶，又开始狼吞虎咽地吃那两块米糕。

房子那头传来喊声，艾玛的身影也在同一时间出现，正嘟嘟囔囔地抱怨小麦下雨天还要到花园来。看到小李后，她吃惊地张大嘴巴，细长的眼睛瞪得圆圆的。

"这个流浪少年是谁？你和他在干什么？"

"他病了，艾玛，你没看到吗？小哥哥，快让她看看，你走不了路了。"

但小李全然没有理会，仍然全神贯注地吃着他的米糕。

"你快来啊，帮我把他抬到屋里去！"小麦对艾玛说。

艾玛走了过来。小麦信任地把小李的胳膊放在她保姆的胳膊上，然后围着这两个人忙活起来，一会儿抓住小李的胳膊，一会又试图抓住小李的腿。艾玛忍不住说："你走在前面就好了！"

艾玛把小李扛在背上，向房子方向走去。小麦则先跑回房子，穿过比利一个人玩耍的走廊，径直跑向卧室。

"一个男孩儿从天上掉下来了！"

她一边大声说，一边想看看她的故事是否引起大人们的兴趣，特地补充道，"从花园后面的高墙上掉下来的，嗯，他还把腿摔断了。"

"你这个小捣蛋鬼！"首席教师克兰先生差点儿骂出脏话；但他马上想到，小麦说的男孩儿可能是这里的学生，便急匆匆地跑了出去。瘦弱的克兰夫人灵巧地跟在后面，她身上的花裙子随风飘动。

所有人都围在小李身边，而小李的眼睛不自然地盯着地面，那只受伤的脚搭在艾玛的胳膊上。

大家意识到这个可怜的孩子需要看医生。小李很快被送到学校对面史密斯医生的诊所。医生在门诊室仔细地检查和处理了小李受伤的脚，而小麦在门外担心得坐立不安，不管艾玛怎么招呼小麦回家吃晚饭，她都装作听不到。

几天后，小麦和小李坐在房子后面，靠在花园的围墙上。是的，小李就是在这里开始了新的生活。他们已经用细细的竹枝和垫子造了一个房子，现在正商量着搞一个庆祝活动。

克兰夫人本来并不想让她的女儿和这个陌生的中国少年一起玩，但这中间发生了一些戏剧化的事情。小麦一直被大家宠爱，甚至有些娇惯，这是因为她患有支气管炎，非常严重，而且一直没有痊愈。而她为了说服父母留住小李，情绪很激动。两天后，她的爸爸克兰先生不得不出面说服克兰夫人——他实在拗不过小麦，不想让她过于失望，更不想她再次犯病。克兰夫人最后只得让步了。

克兰夫妇其实并不是要无情地把小李赶到大街上，而是希望尽可能为他安排最好的生活，也就是让他和教会学校里同年龄的男孩儿们一起接受教育，在上帝的帮助下成为虔诚的基督徒和有教养的人。

但是小麦不愿意这样放弃她的"宝贝"。在她心中，小李应该留下来做她的玩伴儿，她实在太喜欢这个一笑就露出白牙的中国少年。小李一旦去学校上学，她就很难见到他。小麦对小李的感情很矛盾：一方面，小麦强烈地渴望自己能够给予小李妈妈一样的关怀；另一方面，她在潜意识里想让小李做自己的侍从。小麦每天在这两个念头中纠结，甚至于不能在学校里好好听课，不能正常睡觉，也吃不下王大厨为她准备的美食。

　　然而没人征求小李的意见。当然，对小李来说，现在首要的问题是他在这里很安全，虽然期间发生了他做梦都想不到的事情。他在这里过得很好，脚已经打上了绷带，还能吃到很多以前从未见过的食物。每到晚上，他和另一个男孩儿——家里的二号男仆——挤在一张床上睡觉。这个男孩儿是小麦家里的工人，他对小李总是保持有一种高人一等的优越感；但小李根本不在乎，因为他可以天天陪着金发的小麦一起玩，而那个仆人却只能给小麦系鞋带或者做其他一些低等的工作。

　　玩！小李有生以来第一次体会到这个字的意思。他学得很快！他用自己灵巧的双手给小麦造了个小房子，还帮着她把毛绒玩具猴、小熊和布娃娃搬出来，是的，这些都是他们的孩子！他在小房子旁边修了一个灶，并且和小麦一样盼望着有人能送给他们一个真正的平底煎锅，因为小麦的那些玩具厨具根本不能用来做饭。小李又照着大厨的姿势仔仔细细地把小麦的玩具盘子和迷你刀叉擦得干净锃亮。小李和小麦两个人商量着晚上搞一个大的庆祝活动，还需要做哪些菜。

　　他们的庆典太棒了！大厨小李负责烧火：他跪在小小的炉灶前添着麦秆；火点燃了，炉灶里发出噼里啪啦的声响，特别有趣。他的身边还放着小麦那些彩色的玩具盘子。他甚至想象着这些盘子里放着美味的菜肴和用来搭配米饭的小菜。当然，他们是在做中国菜。

有时，小李惊叹于自己的聪明才智。他的脑海里总能浮现出重庆小饭馆里的那些食物和胖胖的厨子唱出来的菜名，当然还有慷慨的船夫请他吃的饭和鱼。小麦用鲜花装饰了餐桌，让小动物们坐在餐桌周围后从小房子里爬出来，说道：

"小李，这一切太美好了！小李，我相信你以后一定是个有名的大厨！"她为他描述了一个美好的未来。这深深地触动了小李的内心。小李发自内心的回答：

"是的，我也希望这样！"

夔州的秋天非常舒服，夏日的炎热已渐渐退去，太阳温暖却不耀眼。唯一的遗憾就是天黑得太早！小麦和小李点燃蜡烛，将它放进立在小房子墙边的一个绘有龙和怪兽图案的、黄蓝两色的灯笼。这时，艾玛跑过来，递给小麦一件外套，说：

"你爸爸妈妈要过来看看！"

"啊？"小麦回答，"但是我没法邀请他们，我们的房子太小了，他们进不来。"

"你的小弟弟，他可以来吗？"

"可以，不过他最好不要过来搞破坏！"

对于小李和小麦这两个来自不同世界的孩子来说，这个晚上注定令人难忘。太阳落山了，一轮弯弯的月亮在竹林间若隐若现。小李欢天喜地地点亮灯笼，把它们围成一圈，然后开始上菜。小麦坐在小房子里，像是一位美丽的小公主，布娃娃和小熊分别坐在她左右。

客人来了。小弟弟用手指代替筷子从盘子里拿起菜来吃，还有二号男仆有礼貌地吃着。小麦想，只有他们两个可以进到小房子里了。爸爸妈妈也来了，但是他们太高，只能站在小房子外面，等着别人给他们送菜。还有史密斯老师和他的两个学生，不过他们认为这只是孩子们的游戏，没有待上多久就离开了。聚会一直持续，直到他们吃光所有盘子里的食物，灯笼里的蜡烛燃尽。

一天早上，克兰夫人对她的丈夫说："小李是不是应该学点儿什么，而不是天天和咱们女儿玩在一块？你想啊，他就是一个在大街上流浪的小孩。我真想不明白，小麦为什么那么喜欢和他一起玩。"

克兰先生摸了摸自己的秃头，把他用来为周日的布道做记录的铅笔小心地放在桌子上。

"亲爱的，你太娇惯孩子了，也没有教她学点儿什么，所以她要给自己找点儿事做，她需要一个玩伴儿，即使她比小李矮很多。"

克兰夫人站起身来，把身上穿着的那件华丽的、黄黑相间的连衣裙抻平。

"我？"她惊讶地问，同时透过眼镜严厉地看着自己的丈夫，"是谁坚持让这个男孩儿留在我们家，而不让他去上学的?"

"我说的是现在，现在应该重新安排。明天就让小李去学习吧。他是个聪明孩子，但还有很多东西需要学习，他甚至还不会读书写字，他也应该开始上宗教课了。我们是不是可以让他和其他四个男孩儿圣诞节时一起受洗?"

按照克兰夫妇前一天的商定，小李从现在起每天早上都要去教室上课。小麦没有反对，因为她也要学习了。他们只能每天下午一起玩儿了。

庆典刚结束后的一段时间里，他们两个还开开心心地在自己的小房子里玩儿。但没过多久，漫长的梅雨季节就来临了，他们只能待在屋子里。

一天，太阳终于又露出了笑脸。这天下午，小麦和小李相约到花园墙边，然而，他们的小房子却已经倒了。

在大房子里玩儿吗? 不。在大房子里，小李会有一种压迫感，仿佛时刻被大人们监管。大人们总是用审慎的目光打量小李，小李分辨不出他们是善意还是厌烦。大人们观察小李和小麦的游戏，虽然不出声，但他们的眼神还是让小李感觉手上的玩具都没有了生命。每到这时，小李都会以做作业为借口跟小麦告别，回到他的同伴中间。

但小李也不喜欢学校——虽然他喜欢，甚至有一些骄傲地学习用毛笔写字，他也终于可以开始学习了，这些都是他曾经错失的时光；但是英语，他为什么要学习英语？小麦不是也说汉语吗？基督教的教义？是的，他喜欢听圣经上的故事，但他认为这些故事对他来说永远都是陌生的，不属于自己的世界。至于受洗，他更是一丁点儿都不想了解。他害怕自己从此被贴上异类的标签，无法再回到自己人中间。

小李的内心深处始终有着回家，回到那条曾经在他脚下滚滚流淌的大河边的渴望，此时，他的这种渴望越来越强烈，虽然毫无理由。他不止一次地走出传道院，当然是在他的脚伤被治好后，偶尔，他甚至无法抑制自己对于高墙外面的世界——也就是属于他的那个世界的渴望，他太想再次看一看那个世界。

一天，深陷在这个想法中的小李走到那面墙前面，也就是他不幸掉下来的地方。他其实也不知道自己为什么这样做，也许是对外面世界的渴望太过强烈。他观察了一会儿，然后找到了一个可以爬上去的位置，那儿正好有几块从上面落下的砖头，于是他机智地把这几块砖当作支点，然后用尽全力向上爬。虽然这并不轻松，但他还是成功地坐到了墙上。映入他眼帘的是一片秋天里光秃秃的土地，很远的地方隐约可见缓慢向前移动的人群。此时，他深深地吸了口气。

少年纤夫
A YOUNG TRACKMAN

"喂——"他看到一个挎着篮子、拿着棍子在路上拾牛粪的小家伙，于是示意他过来。小家伙疑惑地走近坐在墙上、衣着讲究的小李。

小李问："你平时进城吗？"

小男孩儿沮丧地摇头，但他的声音忽然变得轻快喜悦，自豪地说：

"但是白马寺今天和明天有很大的庙会，我会和哥哥一起去！"

庙会！小李欣喜若狂，两手一拱，向小男孩儿表示感谢，然后他伸手从兜里掏出来一把糖果扔向下面那个目瞪口呆的小男孩儿。这些糖果来自克兰夫人的糖果罐。获得了重要信息的小李心满意足并且小心翼翼地爬下墙，回到花园。

忽然，小李看到灌木丛中露出小麦金色的头发。小李心里疑惑：难道小麦知道了吗？他忽然感觉有点儿惭愧，笑眯眯地看着小麦，毕竟笑总是人们可以做到的最好的事情。小麦已经观察到小李脸上的变化，她看到自己好朋友的脸上又浮现出笑容，于是忽闪忽闪着自己浅蓝色的大眼睛，问小李：

"你在上面和谁说话啊？"

小李虽然心里有点儿不情愿，他想，我虽然是她的仆人，可这个事情和她有什么关系？但他很快想到，小麦平时对自己特别好，他是不是可以带着小麦一起去庙会呢？想到这里，他决定实话实说：

"一个男孩儿告诉我白马寺有庙会。"

"你想去吗？"

"想去——你呢？"

"有点儿想，但是我怕我爸妈不让，他们害怕我在外面被传染上天花或者其他什么传染病。"

"你能跟我偷偷去吗？"

小麦吃了一惊，瞪大了眼睛。对啊，偷偷出去！看门人不可能放她出去的！此时她被冒险的喜悦所包围，这是一种她从未有过的奇妙的感觉，而这些都是和小李在一起才有的。

小麦的爸爸妈妈明天应邀进城，很晚才会回来。老师也要出门，只有一个中国助教留在学校。但助教不常到小麦这里，他和小麦也没什么聊的。小麦，这个一直被保护得很好的小女孩儿，小手叉着腰，抽动了几下小鼻子，像模像样地说：

"是的，明天我们可以一起去庙会。"

秋高气爽的一天，微风，阳光明媚。村庄在阳光的照射下闪闪发光，弧形的屋顶伸向蓝天，白色的云朵在天空中快速移动。黄色的水牛在泥泞的稻田间缓慢、悠闲地拉着犁前行。泥浆随后溅起，偶尔溅到农民腰间。

脱粒后的麦秆在空中旋转着飞舞，从打谷场飞舞到马路上，像是跳着一支异常有趣的舞蹈。一队野鹅气宇轩昂地从马路上走过，嘎嘎叫着从人群中穿过。

小李和小麦两个孩子飞快地跑在田野间弯弯曲曲的小路上。他们的眼睛里只有前方，也就是在茂密的竹林中若隐若现的、距离村庄几百米远的红色寺庙尖顶，因而对周遭的一切视而不见，充耳不闻。四面八方村子里涌来很多穿着蓝布衣服的农民，大家都是去赶庙会的。

"快！快！"小李一边说，一边拉着金发的小麦奔跑。他们马上就要到白马寺了。小李已经等不及了，他太想亲眼看看庙会上那些有趣的事，特别是皮影戏。

小麦瞪大眼睛看着眼前熙熙攘攘的人群，心里微微有点儿不安，但是已经没有回头路了。现在一切进展得超乎寻常的顺利，她甚至还无法明白自己荒唐的行为就已经在路上了。她的爸爸妈妈坐着轿子去了城里，不过朝着相反的方向。生病的小弟弟躺在床上，流着鼻涕，艾玛必须在床边照顾他。小麦对艾玛说自己在外面和小李踢球，接着就在小李的帮助下爬过高高的围墙。她低头瞅了瞅自己绿色的裙子，拼命用手摆弄裙子上的褶皱，以便遮挡住因刚刚爬墙而刮破留下的窟窿。太郁闷了！小麦还要拼命想出个理由和妈妈解释这个窟窿。

终于，他们到了寺庙前的广场。小麦累得气喘吁吁，

用手拨开因为奔跑而凌乱的金色头发。周围的中国人看到小麦后，惊诧得合不拢嘴。是的，小麦早就习惯了！两个农妇和几个戴着彩色帽子、光着膀子的健壮孩子看到小麦跟在小李身后从他们身旁跑过，捂着嘴嘻嘻笑。小麦高傲地昂着头。他们笑话什么呢？小李衣着得体：他穿着一件干净的、宝蓝色的麻质褂子，外面罩着一件崭新的棉马甲，而且他洗了脸，头发也梳得很整齐。

小李丝毫不在意别人的目光，他只想尽快从人群中挤过去。卖陶器和玩具的小铺、大声叫卖的小贩、流动的人群，还有表演舞剑的演员和周围看得目瞪口呆的观众以及鼻子上顶着椅子表演杂技的艺人。小饭馆里飘出阵阵香气，那是用猪板油煎过或者在炭火上烧烤的土豆和白色小圆形糕饼——白糕所发出来的气味，这些都极大的地挑逗了两人的味蕾。此外还有糖果师傅在铁片上用黏糊糊的糖浆制作糖人。"你看那儿！"小麦拦住小李。一个奇怪的小个子男人，驼着背，模仿动物的声音，身边围绕着密密麻麻的、大笑的农民。一个鼻子残缺的乞丐突然拉住了小麦的袖子，小麦惊得跳了起来。是的，如果她爸爸妈妈知道这些，后果简直不堪设想！她站在人群中，总是感觉有那么一点儿不舒服，甚至有点格格不入。

"到剧场了！"小李终于拉着小麦走到一个木头亭子里。虽然里面早已挤满了人，可是大家还是有礼貌地给这个洋孩子让了地方。于是，他们俩坐到最前面一个摇摇晃晃的长凳上。天色朦胧，小麦有些胆怯地看了看坐在自己右边的观众：那是一个上了年纪的农民，戴着一顶三角毡帽，一根稀疏、花白的小辫子搭在肩头。他身上有一股大蒜的味道，此时正用他黑黑的牙齿嗑瓜子，一边嗑，一边朝远处吐去。

一个男孩儿，穿了一件不合身的短褂，手里提一个铜茶壶四处转悠。观众席上的每个人都能轮着喝上一口热茶，另一个人随后马上递过来一块热热的、还冒着蒸汽的手帕擦脸。虽然外面空气凉爽，但是小亭子里闷热异常，毕竟这么多人挤在一个封闭的空间里，房顶还被太阳暴晒过。

小李提醒小麦说：

"小心！"小麦向前稍稍移动了一下，和拥挤的人群稍稍保持了一点儿距离。

他们面前悬挂着一个遮盖了整个舞台的幕布，幕布两旁点着两盏煤油灯。小麦看到幕布上出现了两个奇特的小木偶。观众隐约可以看到木偶的身形，还有灵活的脑袋，他们的胳膊和腿能够伸展和放低，看上去他们好像在聊天一样。躲在幕布后面的表演者一边操纵木偶，一边用假嗓子说话，一会儿大笑，一会儿抱怨——观众看来像是小木偶们自己在说话。大家全神贯注，屏声静气，似乎整个亭子里的空气都凝固住了，虽然偶尔出现的咳嗽声不时打破这个气氛。

小李一直竖着耳朵听，伴随剧情不时大笑，甚至露出大白牙，但是小麦从第一幕戏开始就没能完全看懂。第一幕讲的是一位住在阁楼里的公主，小李偶尔轻声给小麦简单解释一下剧情。到了第二幕戏，小李就被完全吸引住了，根本没顾得上再给小麦讲解。这是一部滑稽剧，小麦和小李看到有趣的地方，两人开怀大笑，但却打扰了其他观众，大家一再要求他们两人安静。

这个剧讲的是一个穷困潦倒的村塾先生，他一直找不到工作，后来遇到了一个虽然有钱但极其吝啬的农民。两个人见面后先是唱歌，继而手舞足蹈地聊天，气氛十分热烈。村塾先生开心地说：

"于此开馆！于此开馆！"

农民说：

"哈，你来得正好！我有两个男娃儿，但是都不识字，既看不懂官府的通告，又不会写信。我确实应该给他们请一位先生，但是我没有多少钱。"

二人寒暄一番之后，农民问道：

"娃娃多久能学会识字和写字？"

私塾先生想了想回答："须得三年，汉字多矣！"

农民明白了，他现在需要告诉先生自己可以提供的条件和报酬。

农民说:"我们早上起得很早,吃的只有三大砣。"

先生问道:"何谓'三大砣'?"

农民回答道:"苞谷砣,洋芋砣,红苕砣。"

私塾先生说:"是谓玉米、土豆、红薯。听来尚可!"

农民又说:"我没有多的碗筷,你得自己想办法。"

私塾先生回答:"无妨。"

农民说:"春天我还可以挖一些野菜,冬天就只有泡菜了。"

私塾先生潇洒地回答:"无妨。此时开馆,可乎?"

农民接着说:"等一下!我没有多的铺盖,只能给你一张狗皮,如果你感到冷,可以在上面铺一层稻草。当然,你还可以捡回来两块砖当作枕头。"

先生文绉绉地回答:"夫复何求!子曰:'饭疏食饮水,曲肱而枕之,乐亦在其中矣。不义而富且贵,于我如浮云。'"

农民又说:"那么现在再谈谈工钱。"

先生马上说:"钱财身外之物。"

现在,农民为可怜的先生提供的条件仅仅是填饱肚子,然而这还远远没有结束。农民继续说:

"你必须全年教我两个娃儿,不能请假。还有,你不能在我屋里过年。"

可怜的私塾先生仍然好脾气地回答："好，好，此时开馆，可乎?"

农民却还在说："等等，等等！我这儿根本没地方，山上那座旧祠堂没有人，从我们这儿走过去大概要半个时辰，你可以住在那里，还可以在那里上课。不过，你要先整理一下旧祠堂，特别是要打扫打扫地面，因为大家都在那里上香祭祀先人。"

先生此时仍然慢悠悠地回答："好，贤者躬耕乐道。此时开馆，可乎?"

农民不依不饶地补充道："还有一点，天气不好的话，你要来接我的娃儿，背着他们去上课，如果因你摔倒了而让娃儿们穿的衣服打湿了，你必须负责。"

先生仍然心平气和地说："好的，即使我把一座山背到长江边，也不会摔跟头。老兄，我开馆授徒一点儿都不累，课馆之余还可以帮你烧火、挑水，甚至推磨。"

听到这里，农民突然大笑起来，而所有的观众摇着头，叹着气，埋怨着：这个吝啬鬼！当然，他们心里都希望有个这样的先生来自己家。

小麦看向大门，推了推小李说："天黑了。"然后担忧地劝说小李："我们走吧!"

小李虽然还想看下一场剧，但仍然不情愿地带着小麦走向大门。此时，庙会里人声鼎沸，拥挤不堪，他们两人几乎步难行。老板跟他们要看戏的钱，小麦拿出钱袋给了些钱。她一定是已经给得很多了，但老板还是说："如果您看得高兴，就再赏点儿。"可是，小麦已经没钱了。小李拉着她的手向前走，老板就在他们身后大声叫骂。小麦和小李顾不上这些，加快脚步，天真的黑了。

一只满身长疮的野狗跟在他俩身后，偶尔向前窜，总想咬他们的腿。小麦从一个小男孩儿身边走过，结果那个小男孩儿突然嚷起来："洋鬼子！洋鬼子！"——"洋鬼子"的意思就是外来的魔鬼。不一会儿，他们就回到狭长的小路上。小路太窄，他们只能一前一后跑过去。他们经过两个醉醺醺的农民身边，两个醉鬼举起棍子吓唬他俩。他们两人不敢说话，不停地跑，静静的夜空里只能听到他们的喘气声。

终于，他们到了家门口，而小麦却迟迟不进去。她不知道，等爸爸妈妈从城里回来后，她要怎么解释。她紧紧倚在大门上，不想再翻墙，急得快要哭了。小李小心翼翼地问：

"你是在生我的气吗？"

小麦坚定地摇了摇头。不一会儿，艾玛站在他们面前，气得跺脚，又骂了他俩好一会儿。不过小麦从艾玛的话里听出来，她的爸爸妈妈还没有回家。她忽然轻松了些，深深吸了口气。这次冒险实在太美好了，她已经迫不及待地给艾玛讲起了木偶（皮影）戏。艾玛听得忘我，也忘记继续数落小麦和小李了。又过了一会儿，艾玛叫人给小麦准备了晚饭和洗澡水，她坚信，小麦从庙会带回了无数的跳蚤。

"小李，晚安！今天太棒了，但是不要说漏嘴了。"小麦对自己的朋友说。小李早已饿得前胸贴后背，迅速消失在厨房里。

"小麦，你怎么能这样做？你知道自己已经学坏了吗？"

克兰夫人，穿着一件黑色大格子图案的黄色裙子，站在那儿严肃地质问一声不吭的女儿。克兰夫人从仆人那儿听说小麦和小李跑出去的事。小麦早已吓得浑身哆嗦，面色苍白，等待她即将承受的惩罚：也许是关禁闭，或者不准吃饭，也许是惩罚她写三页作业。但这不重要，小麦心想，只要妈妈允许她继续和小李玩儿，其他什么惩罚都无所谓。

然而对于克兰夫人而言，教育就意味着选择一个对小麦来说最大的威胁作为惩罚——也就是必须让小麦和罪魁祸首小李分开，只有这样才能避免他们两人继续胡闹。另外，克兰夫人现在终于找到一个理由把小李从他们的房子里赶出去，让他搬到学生宿舍。克兰先生走进房间时，看到瘦弱的小麦正胆战心惊地等待着惩罚，他从来没有见过自己的女儿如此害怕。

"你是不是也发现，"克兰夫人对自己的丈夫说，"对小麦来说真正的惩罚，就是从现在开始，禁止小李来我们这里。"

"不，不！"小麦大声喊道，眼泪哗哗地从脸颊淌下。她低着头，头已经挨到地面，胳膊和腿蜷缩一起。

"小麦，难道你不感到羞耻吗？快起来，人们会怎么想；快起来，要不我关你一个礼拜禁闭。"

可是，小麦并没有起来。爸爸妈妈看着这个不听话的孩子，不知道该怎么做。太羞耻了！人们在很远的地方都能听到房子里传出来的叫喊声，男孩儿们贴在门上听着房子里面的动静。

克兰夫人弯下腰，想要抱住自己的女儿。可是小麦闭着眼，两只手胡乱挥舞着，其中一只手碰到克兰夫人的鼻子，夫人的眼镜随之按照抛物线轨迹落到地上。克兰夫人站起身来，昂首挺胸地从房间里走出去。一直低着头的小麦爸爸不安地看着地上的孩子，目光凝重。

此时，艾玛从另一个门跑进房间。她温柔地用中文唤着小麦的昵称"妹妹"，然后抱住小麦。小麦用力地张开双臂抱住身材娇小、穿着蓝色衣服的女仆，头靠在艾玛胸前。艾玛慢慢地用手抚摸小麦的背部，为小麦轻声唱起中国古老的歌谣。小麦的哭声随着歌谣慢慢变弱，最后偶尔还有几声叹气和抽噎。

接下来轮到了小李。他按照克兰夫人的指令默默地回到学生宿舍——其实他内心还有一丝窃喜，甚至有些享受地花了几个小时来完成惩罚他的作业。史密斯先生把他带到学校的禁闭室，这也就意味着，他在紧闭期间必须留在禁闭室，全天只能喝到一点儿茶、吃一盘米饭。史密斯先生还对他说："你必须改好，这样才能在圣诞的时候接受洗礼。"小李用微笑回应了史密斯先生，表现得非常礼貌。

史密斯先生离开后，小李缓缓地走到装有栅栏的窗子前，他希望从这里能够看到替自己承担罪责的小麦。此时，他那张原本喜庆的圆脸不再微笑，变得严肃，仿佛陷入沉思。他眉头紧皱，嘴巴紧闭。越过网球场，他的视线仿佛黏在了玫瑰灌木丛深处若隐若现的传道院院长的房子，也就是他被赶出来的那个家。小麦现在是不是也被关了禁闭？他从昨天开始就再没见到小麦。尽管如此，他并不后悔，那次逃跑，他是那么开心，小麦是真心喜欢私塾先生的故事。如果不是因为还有那么一点儿压抑，小李此时最想做的事情就是哈哈大笑。

他既不怨恨克兰先生，也不对史密斯先生生气。虽然受到惩罚让他感到有些不舒服，但和他贫穷且艰难的人生相比，这点儿惩罚算不得什么。他当马童时挨过多少鞭子啊！这种温和的惩罚方式与基督教有关吗？尽管他内心有些认同，但却依然很抗拒受洗。他始终认为自己和金发碧眼、皮肤娇嫩的小麦不一样，他本来就和昨天见到的那些黑头发黑眼睛的农民们是一起的。

学习呢？他已经能够读书、写字，他还需要什么？感谢吗？他完全不想，他也没有需要向上帝请求的。"他不能和小麦一起玩儿了！"他夹着被子离开克兰夫人房子的时候，听到克兰夫人在他身后这么讲，而这却让他有那么一丝幸灾乐祸。他为什么还留在这里呢？因为他一旦离开，小麦会很伤心，但他不能带走小麦，难道自己是为了小麦留在这里的吗？

其他学生都跑去参加足球赛了，可是足球对小李没有什么吸引力，他也没有任何兴趣，他根本想不到足球对他未来的人生有什么用，因为他一直相信自己属于外面的世界，热爱外面世界的熙熙攘攘。不过别人叫他一起玩儿的时候，他也乐于加入，他更愿意用今天这样的行动换取传道院里舒适的生活。他想到其他的学生，他们欣然接受别人提供的善意，认为这一切都是理所当然，然而小李却不这么想，他和周围的一切似乎都格格不入。

像以前一样，小李自己人生的小船已经扬起了帆，只差一阵风带着他再次驶离安全的港口，也许是驶向波涛汹涌的大海，也许驶向附近的，或者遥远的沙滩。

第四章

再回夔州府

没过多久，小李这个淘气鬼就终于找到一个机会逃跑。他老老实实地接受了惩罚，再也没有踏进克兰夫人的房子。一天早上，当其他人还在睡梦中时，小李已经轻手轻脚地穿好衣服，用一块手巾包好书本，悄悄地走了出去。他经过小麦他们住的房子，偷偷地走到那座矮墙下面。是的，他曾经从这里摔下来，落到这个院子里。呼哧！他一跃到了墙上，再从墙上跳到地下，经过竹林后到了马路上。所有一切仿佛被施了魔法，天地之间的万物都被笼罩在浓雾中。人们偶尔能依稀听到最早出来的手推车压在石板上发出吱吱呀呀的声音以及人的脚步声，但完全看不到人影和车影。

"让开！"有人叫嚷着，紧接着，马车几乎要撞到小李的腿。瘦弱的轿夫用恶毒的语言咒骂小李，马车上的学生拿书抽打小李的头：

"你瞎了吗？"

小李继续往前走，穿过又湿又滑的石板路，朝着城里的方向小跑。

大约两小时后，小李到了夔州城门。城门已经敞开，左右两侧站着竖直拿着刺刀的士兵，这是很少见到的，小李似乎还是第一次看到城门口站着荷枪实弹的士兵。出什么事了？准备通过城门的农民把货物放到地上等候检查。检查的士兵把农民的货物扔得到处都是，农民虽然气得尖叫却也无能为力。一头拴在一辆手推车上的肥猪不停地发出惨叫，仿佛它已在屠夫的屠刀之下。等了好久，小李从大人们悄悄地议论声中明白了：中国出大事了，皇上逊位了，什么什么大官也被杀了，夔州的知府不知道跑到哪里去了，现在是什么鄂军在维持城市的秩序。后来，小李躲在用骡子驮着木炭从山上下来的商队中，顺利穿过了城门。

现在他终于回到了自己的家乡！他最想回到他的铜匠街。穿过两侧整齐排列着华丽考究的绸缎庄的大街，小李穿过十字路口和茶叶巷，到了孔庙前。早前，他经过孔庙都要在大门口的石狮子那里停留几个小时。

是的，他太熟悉这里了，每个角落都记得清清楚楚！这里是染坊巷，蓝色的布像黑纱一样在空中飘荡，小李从中间穿过时，蓝色的布偶尔拂过他的脸。

那里就是铜匠街了！铜匠街静静地隐在朦胧的天色中，水珠滴滴答答地从房檐上流下来。叮叮当当，叮叮当当，这是作坊里传出来的声音，还是小李自己的心跳？

不，这是从他父亲曾经的作坊里传出来的声音，虽然非常微弱。

小李的心怦怦直跳。他折返回来，继续向前，到了那个通向沙滩的长长的台阶上。这里平日里经常挤满了挑水的人和叮叮咣咣的水桶。啪嗒，啪嗒！每上一层台阶，木桶里就会荡出一些水，不管这些挑水的可怜人多么小心翼翼地保持平衡。小李仿佛看见一个小男孩儿挑着木桶艰难地向上爬，累得上气不接下气，那就是他自己。

台阶尽头是沙滩，沙滩前面就是长江！小李似乎听到了自己日思夜想的水声。雾越来越大，江边的浓雾一团团升腾起来，远看像是一座座小山。雾渐渐散去，天色慢慢变亮，小李终于看到了裹着泥沙的江水滚滚而来，他还注意到，江水缓慢地拍打着停靠在岸边的数百艘船。小李跑向沙滩，坐在一个已经残破、腐烂的小船上，看到已经有一些小朋友在这里爬来爬去。

他在这儿坐了一上午，专注地观察下面的人。大家都忙来忙去。他围着船跑，和老朋友聊天，不知不觉间，肚子已经咕咕叫了。小李意识到，到饭点儿了！一艘艘小船升起炊烟，城市上空飘着饭香，刺激着小李的味蕾。

少年纤夫 A YOUNG TRACKMAN

他好像更饿了，沿着台阶向上，朝城里走去；但他兜里没有钱，只能默默地站在一家小饭馆门口，用力吸着里面散发出来的饭香。饭馆里已做好的烤鸡和排骨让他越看越饿，他甚至有些嫉妒那个一边从甑子里小心翼翼地舀出一大碗白米饭一边大声唱出菜名的厨子。但是现在他还能怎么办呢？不一会儿，饭馆门口聚集了一帮乞丐，他们推搡着这个衣着体面但却在饭馆门口看了半天的小男孩儿。

小李耷拉着头走在路上。快到傍晚时，他才下定决心去当铺当掉了自己的马甲和书，然后小心翼翼地摸着口袋里的钱走进一家简陋的小茶馆，他实在需要吃点儿什么恢复体力。

小李一边坐在茶馆里喝茶，一边在脑子里盘算明天该去当掉什么，布鞋、棉布裤子，还是帽子呢？这时，一个人轻轻地拍了拍他的肩膀。小李疑惑地回头一看，原来是一个面色灰黄、爬满皱纹、长着两撇儿花白山羊胡子的老头儿，特别是老头儿胡子下面那张嘴看起来十分碍眼。

"高文叔……"小李喃喃自语。他是小李铜匠街的邻居。

"小东西，你在这儿干啥？这些漂亮衣服哪里来的？"

小李刚想开口回答，但马上闭上了。他心想，我身上的衣服关你这个老头儿什么事？

"你从哪儿来？"老头儿又问，还抓住小李的胳膊，眼睛死死盯着小李。小李不知道怎么回答，他不能承认自己是从传道院里溜出来的，更不能说自己是从那儿逃跑出来的。他没有合适的借口，不敢反驳，小李无助地看着高文，像是一只青蛙绝望地等待自己成为蛇的午餐，而高文就是一条吐着信子的蛇。小李小声问：

"我奶奶呢？"

"死了，早死了。在你和你后妈走后不久就死了！"

小李唯一的、那么一点点希望都变成了泡影。他已经完完全全变成了一个孤儿！

小李还没回过神，只听高文说：

"我是不是该把你抓到衙门？"

小李怕死了。

"要么，"高文轻声咳嗽起来，"你和我一起回铜匠街吧，我正好缺个学徒。"

他说着就把小李从椅子上拉了下来。

"那我要工钱。"小李蔫蔫地说。他终于开口和高文讲话了，还从包里掏出一顶帽子。

老头儿始终用怀疑的目光盯着小李。

"还有其他的吗？这些都是你偷的吗，是不是？"

小李低头不语，没有一丝反抗就和高文走出茶馆，毕竟旁边的客人已经注意到他们了。

现在小李又回到了熟悉的环境，成了铜匠街的一个小学徒。他的苦日子开始了。为老铜匠高文干活很不容易，稍有不慎，小李就要挨顿拳脚，而且高文对他从来没有一句好话。高文的老母亲更是如此——她到底多少岁了，是不是已经一百岁了？小李有时想，她是犯了什么罪过还仍然活着，无法从这个世界上解脱呢？她瘦得只剩下一把骨头了，脸上的褶皱多得数不清，太可怕了！她枯萎的身体里似乎只留下了一颗恶毒的心，就连她的儿子——那个已经花白头发、弯了腰的高文，在她面前都常常瑟瑟发抖。有一次，小李实在太饿了，想从锅里偷一个红苕出来——因为老巫婆根本不给他饭吃，结果，老巫婆发现了，便用木棒打他的头。

小李也不喜欢这个工作，无休止的敲敲打打让他对这个工作产生不了热情。他每天很早就被高文叫醒，然后打扫房间、生火，总有干不完的活。每天的生活都是重复和无趣的。小李总是光着上身，脸和双手沾满煤灰，弯着腰煽火，捶打和刮平那些铜板。他每天几乎没有一丝空闲，可是高文和他母亲却总是跟邻居抱怨小李不知感恩，尽管他们一直把小李当成自己的亲生儿子。

逃吗？他当然想过，还试过一次。当时天色已黑，城门也已关闭，他最后在偏僻的城墙边被几个认识他和高文的小伙子捉住，送了回来。有了这次经历，小李再也不敢逃跑了。

高文的老娘——那个老巫婆——气得直跳脚，恶狠狠地用手指着小李，把小李吓得闭上了眼睛。高文呢？他没有说话，狞笑着把小李带到后面的小屋，将小李的两根大拇指拴在最低的那根房梁上，使小李的脚尖刚好稍稍接触地面。这是中国古老的惩罚方式，其实早已不适合这个时代了，然而他仍然用这种方式折磨自己的徒弟，也是养子。没过一会儿，小李就失去了知觉，他隐约听到高文说：

"再有下次，就送你去孤儿院。"

孤儿院是小李的噩梦。他曾经站在城墙上，悲伤地看着下面数不清的无家可归的孤儿。他们的身上长满了疮，一直干又脏又累的活，还吃不饱穿不暖，生活不如乞丐，至少乞丐可以自由地在街上闲逛。

但是不管是饿肚子，还是没完没了地干活，还是可怕的惩罚，这些都没能阻挡小李留下来的念头，他终究想留在父亲曾经的作坊附近。每到晚上，其他人休息的时候，小李都要负责整理作坊，他的任务之一是放下关门的木板，每到这时，他都要朝着父亲作坊的方向望一望。白天的时候一切如常，作坊里坐着一个年轻的铜匠，总有一个小男孩儿在他脚旁玩球。但是天黑以后，

他却能真切地看到死去的爸爸在那儿一动不动地看着他，眼睛里满是悲伤，他瘦长的双手虽然没有移动，可是小李还是能听到对面的敲击声：叮叮当当——叮叮当当——！

一次，小李吓得扔掉手中的木板，惊惊慌慌地跑回屋里。这是他唯一一次没有挨打。高文从里屋冲出来的时候，他对着高文尖叫着说："爸爸，我爸爸坐在那儿。"高文顿时满脸煞白，大声叫来耳聋的老娘。这时，小李已经吓得钻到床下，但仍然听到了师傅的喊声：

"这孩子应该去给他父亲上坟，烧点儿纸钱，这样他父亲在阴间才能安宁。"

可是最后谁也没去买纸钱，因为高文的老母亲是个一毛不拔的铁公鸡，所以对面的鬼魂始终都在。这其实也是小李第二次逃跑的原因。

那是立春后的第一天，说来也怪，天气突然不那么寒冷了，人们甚至有种热天来了的错觉。然而铜匠街的人却感到四肢疲惫，呼吸也比较困难。狭窄的巷子上空似乎盖上了一个盖子，沉闷得让人透不过气来。马路边的下水道里散发出恶心的臭气，飘荡在巷子里，很长时间都散不去。

高文尽可能白天工作长一些，这样可以利用日光而节约晚上的蜡烛。三把漂亮的铜壶放在铺子的货架上。

人们看到它根本无法想到铜匠要流多少汗水才能做好一把铜壶。

小李已经在铜匠街待了四个月。今天，他花了几个小时捶打烧水壶，以至于现在脑袋里还是嗡嗡的响声。中间，他还用小水瓢从大水缸里舀了几次水喝。最后，师傅把手中的活计放到一边，疲惫地坐在门槛上。这也就意味着，小李要去整理工作间，要给师傅拿来水烟。不过今天，高文开始打哈欠，弓着腰回到里面——闷热不透风的小房间睡觉去了。

小李听到师傅在里面小房间喊他落下木闸板。于是小李走到街上，开始把木闸板一个接一个地放回到门框和窗框里。四周一片静谧，漆黑的小巷里偶尔响起沉闷的敲门声。小李心里非常害怕，可还是抵挡不住好奇心，看了一眼父亲曾经的作坊。作坊里已经没有人了，唯有煤油灯微弱的灯光透过木头闸板照射到小巷。几只又大又肥的老鼠在昏暗的光线下爬行，隐约中可以看到它们蓬乱的灰毛。

但是小李透过缝隙好像看到了一个幽灵般的身影，那个身影保持站立的姿势，似乎面色惨白，身体瘦弱。

"不！"小李大喊，"不！"他甚至能感觉到自己的头发竖了起来。太可怕了！他认为自己看到了那个幽灵朝他向前迈了一步，还看到了幽灵把木板轻轻地靠墙放着，木板竟然没倒。于是，受惊的小李一跃而起，飞快但无声地从巷子里穿过。由于大家白天累得半死，此时躺在后面漆黑的、散发着霉味的小屋子里昏睡，小李没被任何人发现，只有那些夜里从洞里悄悄爬出来觅食的大老鼠，瞪着又大又圆、漆黑闪亮的眼睛好奇地看着小李。漆黑的夜里，小李瞎走了几个时辰后竟然走到了城墙边，最后他不得不靠着残破的城垛稍作休息。

北门上面高高的城楼阴森可怕，给人极大的压迫感，似乎在自上而下俯视着小李！恍惚中，小李仿佛又看到恐怖的幽灵飘在半空中。城墙脚下的乱坟岗里到处是小山一样的坟头，趴着几只瘦骨嶙峋的野狗。小李坚信自己隐隐约约看到了一些人影。他不敢闭眼，呆滞地注视着月光下的坟头，竖起耳朵仔细搜索周围发出的声响。如果鬼魂无法得到安宁，他们就会从这些坟头里冒出来吓唬人，因此小李缩起全身，尽量让自己变小。

第五章

少年纤夫

慢慢地，这一夜熬过去了。东方的天空渐渐泛起了鱼肚白，新的一天开始了。小李害怕有人追他。他们一般起得很早，一旦发现小李逃跑，很快就能追到城门，守卫也会发现他。就在这时，城门的方向响起炮声，小李惊得一跳，这也就意味着，城门开启。他迅速穿过整座城市，从北门跑到南边的依斗门，这样就可以很快逃到江边。小李到达城门的时候，守卫正抬起城门上重如磐石的木杠，掀开厚厚的城门，成群的船夫、肩上挑着担子的苦力鱼贯而出，排队出城。

小李混在人群中，此时已经站在了通往沙滩的那段长长的石阶的最高处。他看到长江边停靠着密密麻麻的船，还有滚滚而来的深褐色江水和对面深黛色的高山。小李的心此时变得开阔起来，他想念这一刻已经太长时间了！他爱这江水胜于一切，他内心始终坚信，只要回到长江边，他的好运就能回来。他听到下方传来敲锣声和噼噼啪啪的爆竹声。原来是一艘大船即将驶离，它慢慢地从江上开过，晨风中飘来船夫们嘹亮的号子声。如果他能跟着船一起走，那该多好啊！就在他不得不在铜匠街过那些贫苦的日子时，脑子里经常想的就是为船摇橹或者拉纤。

他飞快地跑下台阶，跑到沙滩边，一艘一艘问过去，打听哪艘船即将起航，哪艘船可以带上他。毕竟很多大船航行时也会招他这样的童工。但是只有几艘船将要出发，没有一艘需要小李。

白天很快过去，夜幕悄然来临。夜里涨水了，黄色的泡沫呈旋涡状向前滚来，让人猝不及防。小李又开始担心起来，他感觉每个人都是为追他而来。他想躲起来，最后蜷缩在一个从城墙脚延伸到江边的大垃圾堆后面，那些腐烂的垃圾散发出令人作呕的气味。垃圾堆里散布着的瓦砾碎片、骨头、废旧的铁片中间，还有几个乞丐；另外，从城里流出的废水也缓慢地在地上流淌。不过小李实在太疲倦了，全然顾不得身边的环境，蜷缩着身子一直睡到第二天早上。他是被在他身边吃东西的一条野狗的尾巴弄醒的。后来，又过来几条夹着尾巴、身上生疮的野狗。它们斜着眼睛、恶狠狠地盯着小李。野狗后面还冒出来一个衣着褴褛的瘦弱的小孩儿，其实是个小姑娘，她背上还背着一个小弟弟。她用石头赶走了野狗，然后不断翻动垃圾。小李站起身来，尽量把自己收拾干净，饿着肚子朝江边走去。

一艘运盐的大船恰好马上起航。凉爽的风向长江的上游吹去，船夫们升起船帆。船上的一切都非常美好，人们爽朗地笑着，讲着笑话。小李从人群中挤过，跳上正在收起来的甲板。

"带上我吧，我可以帮着摇橹和拉纤！"

身材魁梧的船长站了出来，小李跪在船长面前磕头："我一定会报答您的，我一辈子都记得您的大恩大德。"

大家笑着看这个小马屁精。

"这是个好嗓子。"船上的厨子说，厨子可是船上举足轻重的人物。

"除了拉纤，他还可以帮着我们喊号子。"

他的话很有分量，小李被带上一起出发。

收起跳板，船夫们用长长的蒿杆将船撑离岸边。此时，大大的长方形船帆被风吹得鼓了起来，大船随之掉头向东，缓慢地顺着江水滑走。船上的人非常开心，顺风减轻了大家的劳动，他们坐在宽宽的前甲板上聊天。

小李蹲坐在船头。他还没有完全相信自己的幸运，他只想躲起来，不被人发现，不要被扔回岸上。他凝视着缓缓远离的城市——他的家乡夔州府：巍峨的城墙越来越远，城市上空飘过袅袅炊烟。现在，他不想回去了，因为那里留给他的都是糟糕的记忆。

　　船上的人早就不再关注他，他也镇定了心神。是的，他也想好好观察一下自己的新家，毕竟大船会在江中航行很长时间。如果一切顺利的话，小李需要留在船上四个礼拜。

　　这是一艘货船，也是规模最大的运盐船，大概四十到六十个纤夫一起才能拉着这艘大船穿过湍流。小李经过人群，走向桅杆，爬到大船的船顶上。他从这里可以看到大船的船长室，那是船长的地盘。船长室的窗子上画着彩色的图案。高高的、向前倾斜的房檐上坐着一只彩色的大公鸡，公鸡身上还绑着一根红绳子。小李听到屋子里传来轻轻的说话声：

　　"快，庆红，把公鸡抓过来，我们要拿它祭江里的龙王爷。"

　　绘有彩色图案的门打开了，一个柔弱的小女孩儿从室内里出来爬上房顶，抓住公鸡。她伸开胳膊，想要解开公鸡身上的红绳。可是，她的手被公鸡啄了一下，正在吃痛，公鸡趁机从她手中逃走了，扑闪着翅膀，飞快地跑向躺在房顶上的小李。

　　就在公鸡挥舞着翅膀，大胆地想要飞到空地时，旁边伸出来一只小手死命地抓住了公鸡，让它动弹不得。公鸡发出愤怒的鸣叫。小庆红本来被公鸡吓得不敢动弹，看到逃跑的公鸡被抓住后开心地拍起手来。小李把公鸡递给她，她微笑着问小李：

"你是谁？"

"我是李洪顺，是这艘船上的桡夫子。"

"你以前也和我们在一起吗？我怎么不记得见过你。"

"不，这是我第一次上船。"

"庆红，你在哪儿？"船长室里传出船长的声音。"爸爸，我来了！"小姑娘回应着，随即对小李说了句 "谢谢你，李洪顺"，然后就离开了。

小李接下来做的事情就是躺在运盐船的屋顶上，伸展双腿，舒舒服服地享受习习吹来的江风，享受航行带来的快乐。久违的太阳晒得他身上暖融融的。他现在不是实现了最难以实现的心愿了吗？他是不是在大江上航行，认识了陌生人？他从骨子里喜欢长江，他要为它付出一生的爱和敬意。

船长在桅杆前杀鸡。公鸡的叫声越来越短促、越来越轻，最后它快速地扑腾了几下翅膀，死了。小李看向桅杆，把手放在眼睛上方遮挡太过刺眼的阳光。那个小女孩儿？她叫什么来着？庆红。她穿了一件红色花朵图案的短上衣，认真地看着她爸爸用公鸡的羽毛把鸡血抹在船头上。小李从屋顶上悄悄滑下来，走到庆红身边。

"你爸爸在做什么？"

庆红指着前面一个山包说："你看，那是白帝城，白

帝城的江边有座镇江王庙，镇江王庙里供着龙王爷，所有从这里经过的船都要杀只公鸡祭奠龙王爷，保佑我们平平安安。马上要到滟滪石，过夔门进瞿塘峡了！我爸爸要回来了。"

船长匆匆走来，把十几根鲜艳的公鸡翎子插到驾驶室前，然后洪亮地喊道："伙计们，加把劲儿哟！滟滪大如牛哦，瞿塘不可留啊——"船长话音刚落，五六十个船夫齐声从胸腔深处发出冲破天空的吼声："滟滪大如牛哦，瞿塘不可留啊——"小李被眼前的景象深深镇住了：只见前面两座大山好像被一把天大的斧头从中间劈出了一条大缝，咆哮的长江从缝隙下面钻了过去，前面是一个拐，看不见长江钻到哪里去了。镇江王庙下面靠长江左边的航道上，兀然耸立着一堆黑色的巨石，"燕尾石！"小李喃喃自语，他突然想起大人经常骂他们小孩的话："你这个栽燕尾石的！"大人嘴里的"燕尾石"应该就是今天庆红说的"滟滪石"吧。只见船头对着滟滪石飞一样冲过去，几十个船夫死劲儿摇着手中的橹，整齐的脚步踏在甲板上，整条船都在颤抖！

大船两边的巨浪把水花溅上了船舷，小李被船边"哗哗哗"的激流声吓得直发抖。船头对着的滟滪石越来越近，越来越大，眨眼间就要撞到高高在上的滟滪石了，发抖的小李闭上眼睛，大叫："糟了！糟了！"小李本以为一切都完了，却突然感到船陡然向右一拐，一个大浪从右边打来，把小李全身湿透了。船倾斜着、前后剧烈地颠簸着与滟滪石擦身而过！

小李睁开眼睛，只见两岸笔直的岩石既近在咫尺，似乎触手可及，又高耸入云，直刺天空。小李想起不久前他经常坐在夔州老城墙上，看着一艘一艘船消失在视野之中，他不知道那些船开到哪里去了，今天他终于知道，这些船始终航行在江里，在长江航道上。前面的江流被两边的悬崖遮住，似乎已经没有路了，但船随着江流，峰回路转，船头前方还是河流，还是那个长江，只是两岸的山势渐渐平缓下来，原来在城墙上看到的大盐船这时像落在水缸里一样，渺小多了。"差点儿被龙王爷收去喂鱼了！"小李这样想着，"差点儿就要在这个世界消失了。这个世界还有什么让人留恋？"小李突然间想到了小麦——那个金发碧眼的小女孩儿，她是那么喜欢小李，小李和她一起也玩得很开心，这难道不是他一生之中唯一一次和其他孩子一样玩耍吗？她现在做什么呢？还能想起我吗？

她也许因为小李的逃跑而生气，也许小李做错了，可是铜匠街的那段日子对他来说已是足够的惩罚。很奇怪的是，他在那里生活的时候很少想到小麦，也可能是他害怕想起小麦。在那么艰难的困境下想到那个漂亮的外国小女孩儿，他会感到惭愧，如果小麦看到那个时候的他，他会多么尴尬啊！但是现在不一样了！他现在像个小皇帝一样在水上航行，风就像是他的奴仆，吹到帆上，推着这艘雄伟的大船顺流而下。

小麦一定要看看现在的他！

突然间，太阳消失了，小李睁开眼睛，忽然感到胸口很闷，非常压抑。小李站起身来。早上的太阳已被凸出来的一角褐色岩石遮挡住了，江水的颜色也暗了下来，越来越快地生成巨大的漩涡，大船从江底鼓起的泡上经过，小李感到强烈的震动。船头的水声越来越大，纤夫们吹着哨子，唱着歌。吹过的风越来越弱。"咕噜噜，咕噜噜，咕噜噜……"小李听到肚子发出可怕的叫声，好像在告诉他"饿了，饿了"。是的，他从昨天开始就没吃东西。

就在这时，他在空气中闻到了饭香，这是从前甲板飘过来的。胖乎乎的厨子站在那里，光头上围着一块白色的头巾，面前的大铁锅里盛着油油的蒜香白菜，旁边是白白的、香喷喷的大米饭。

小李跟在陆陆续续走过来的纤夫中间等待开饭。每个人都从篮子里拿出一个蓝色瓷碗和一双筷子，小李也跟随众人拿了碗筷等着盛饭。

下午，船开到一个专门卖牵藤的地方。大船经过险滩和沟壑时，一般需要由纤夫用牵藤拉船。船长跳下船，肩上背着一袋子铜板，用专业的眼光买下最粗但又最灵活好用的竹牵藤。船长是整艘船的好家长，在盐商中间有很高的声望，盐商们也非常愿意把珍贵的货物托付给他。这时，庆红抱着一只猫，跟在爸爸后面，看着他们谈买卖。几个纤夫也下了船，他们环坐在一块大石头上。那块石头在夕阳下像是一只巨大的手。但小李没有上岸，也许是为了向胖胖的厨子证明自己留在船上是有用的，他在厨房里帮着忙活，用河水冲洗碗筷。

天色暗下来，纤夫们在前甲板上铺好垫子，盖着破破烂烂的被子，横七竖八地蜷缩着躺在上面，早早进入了梦乡，因为大家都知道第二天将有一场硬仗。小李也想在人群中间找个地方睡觉，但夜已凉，他又没有被子，于是像条流浪狗一样不停地换地方。纤夫们被他扰得睡不着，便粗鲁地命令他安静会儿，还威胁要将他扔到河里冷静冷静。此时他恰好经过厨房，便滑到厨房里，在即将熄灭的炉子旁寻求一丝温暖。他像只猫一样蜷起身体，很快睡着了。

第二天，小李在酣睡中被胖厨子弄醒，叫他帮忙烧火。天刚蒙蒙亮，大家吃完一大碗面条后大船就起航了。小李负责洗碗筷，庆红来到厨房，她手腕上的银镯子随着她走动而发出叮叮当当的声音，然后她安静地坐在厨房旁边。小李洗完后，他们就一起偷偷溜到船长室，一起做游戏或者讲故事。庆红非常喜欢听小李讲自己过去的经历，她的世界里只有这艘船，父亲很少带她进城。

"你妈妈呢?"小李问她。

"我妈在船上生我弟弟的时候死了。"

"那你弟弟在哪儿?"

"也死了。"庆红一边说，一边梳着自己又长又黑的头发。她把头发全部放下来，遮住了自己的小脸。她总是对着小李微笑。

"我已经跟着爸爸在这条江上航行了两年。我很能干的!"她骄傲地说，"我们的房间不漂亮吗?"她跳起来，拿起一块抹布，准备再擦一遍房间里已经锃亮的家具，然后在房间最暗的一个角落里点燃用来供奉龙王爷的蜡烛。

"你的妈妈呢?"她问小李。

"我爸爸走了以后，她回到了她老家，然后我就跑了。"

"你还会逃跑吗?"庆红大笑，因为小李给她讲过传道院和他从墙上掉下来的故事。她请求小李:

"给我讲讲小麦吧!"

她总想听小李给她讲这个漂亮的外国小女孩儿的故事。小李说:

"她比你高，非常聪明，但有时像个小孩子，她会跪在地上大喊大叫。"

"为什么呢？"

"因为她得不到想要的东西。"

"她长得什么样？"

"她的头发是金色的卷发。"

这些都是庆红爱听的。她屏住呼吸，就像在偷看一个小姑娘。

"眼睛像阳光下的天空一样蓝，眼睛非常大，好像一只眼睛就已经大到可以看这个世界。"

"她穿什么样的衣服呢？"

是的，小李很难简单地描述清楚：薄薄的、玫红色或者蓝色的裙子；她跑步时，裙子会轻轻地拍打着她的小腿。

"她光着小腿，裙子长到膝盖，还会穿着白色的鞋子和袜子。"

庆红看了看自己的双腿，她乖巧的穿着一条合身的蓝色长裤。她还摸了摸一直引以为傲的红色花褂子——这是爸爸最近买给她的。庆红突然问：

"那她有未婚夫吗？"

小李回答说不知道，然后他又问庆红有没有未婚夫。庆红认真地点了点头。

"他姓包，叫包大文，他爸爸也是一个船长。我的父母已经把我许配给他了。但是我不喜欢他：他很傲慢，已经十四岁了，在读书，和爷爷奶奶住在一起。他们想把我带到他们家，这样我就可以给他们干活。"

说到这里，庆红叹了口气。小李从心里赞同庆红的想法。他们两个人相视大笑。庆红忽然看到了她的父亲。庆红的父亲一脚踏入船长室，其实父亲只有腿在房间里，身体还在船长室的屋顶外，眼睛紧盯着隐藏着危险的江水。舵偶尔接触到船长的身体，发出咯咯吱吱的声音。

"也许，"庆红小声说，"他会同意我嫁给你，如果我恳求他的话。"

"你是认真的吗？"小李严肃地说，"那我必须赚钱，我可以做到！"小李对自己充满自信。他相信自己可以努力干活，可以拥有一座漂亮的房子，还有一个铺有石块的院子、一个小花园。花园里种上荷花，甚至还有一个小石桥。他还在想象着用一个八人抬的大轿子到大船上来接庆红，然后敲锣打鼓地把她接回家。他真的非常喜欢庆红，他和庆红在一起聊天要比和小麦愉快得多！对于小李来说，小麦像是一只柔弱的、异乡的小鸟，他永远无法真正了解她。

第二天上午，大船到达巫山码头，要在这里装货物。这时，庆红和小李就会在陆地上开启他们的发现之旅，这也是他们旅途中最美好的事情。

他们俩想要陪着去市场采购的胖厨子进城，厨子带着一个挑夫给他提篮子。

"买猪肉吧!"庆红大声喊。

"什么?"厨子说，"只有我们走了一半路程，才可以买肉吃。"庆红听到这里，撅着小嘴。

"那么你买什么? 又是一堆白菜吗?"

"鱼，"厨子微微一笑，"这个地方最有名的是黑鲇鱼，香油烤鱼和烤红苔。"

到了城门口，庆红抓住了小李的袖子。大蒜炒回锅肉的香气扑面而来，一队挑夫挑着的粪桶臭气熏天，把这个小姑娘吓坏了，毕竟她一直在江上生活，呼吸着新鲜的空气。于是，两个孩子又跑回沙滩。他们在这儿看到一排停靠在码头上的船，但是与他们家乡夔州城下的码头相比，却少了许多。其中一艘特别大并且布置得非常豪华的游船吸引了他们的注意力。这艘船上挂了很多小旗子，一位大官带着家人坐船旅行。前甲板上还站着一些扛着武器的士兵。透过绘有彩色图案的窗子，他们在岸边隐约看到船里面的人在移动，但看不出究竟在做什么。小李提议他们爬到旁边一艘没人的船上，然后从那里观察这艘住了人的船。庆红好奇心也很强，他们说到做到，两人一起行动。两人很快上了没人的船，再用手抓住大船斜顶上突出来的地方，沿着外舱壁，偷偷溜到大船的甲板上。现在，他们正好站在那艘漂亮游船的窗子前，向里面看去：一张已经亮油油的木头桌子上面放着一束鲜花，旁边是几只薄得可以透光的茶杯。几个女人和一个小女孩儿坐在桌子旁。

"一个、两个、三个女人，这些人真有钱！"

庆红说："看，那个女孩儿也就比我大一点点儿，打扮得多漂亮。"

"这一定是个大官，你看！"

庆红身体向前倾斜，差点儿滑倒，轻轻地叫了一声。屋子里有个少年，原本坐在椅子上无聊地打着哈欠，恰好听到了庆红的叫声。他穿着一件长至膝盖的丝制灰色长褂，头发是欧洲样式的短发，梳着分头，鼻梁上架着一副眼镜。他走到窗边，掀开一条缝，发现了小李和庆红后喊道："快走，你们这些无赖！"

"大官的儿子！"小李发出嘘声，"来！"他帮着庆红很快下了船，在浅水中蹲了一会儿，然后弯下腰去。

"你在干吗？"庆红问。小李大声笑起来，给她看自己抓起来的一把软软的黑色泥巴，然后又回到甲板上。他轻声说：

"我的兄弟，我的好兄弟，往外看看！"——哈！那个眼镜打开窗子，好奇地探出头来。嘭！一团黑泥正好打到他鼻子上，随即朝各个方向飞溅出去。小李压根儿没来得及看受害者什么反应，就已经像猫一样灵活地跳下了船，拉着庆红一起钻进熙熙攘攘的人群。他们一屁股坐在沙滩上，开怀大笑，但也有些战战兢兢地回头去看那艘挂满小旗子的游船，没人发现他们！

一个售卖零食的小货郎走到他们身旁，放下手中的竹筐。庆红的父亲总给她一些零用钱。庆红用零用钱买了一包炒南瓜子，然后和小李一起分享。他们俩一边嗑着南瓜子，一边故意绕着远路溜达回到自己的大船。

盐巴等货物整整装了两天。第四天早上，天上依稀还有星星的痕迹，小李被梆子声和鼓声唤醒。纤夫们打着哈欠相继醒来，卷起铺盖卷儿，然后在肩上套好拉纤用的麻布绳套。前架长催促他们加快速度，虽然有人嘟嘟囔囔抱怨，但还是睡眼惺忪地跳到了岸上。

大船缓缓驶离巫山码头，向西逆流而上。

小李也在其中，有人也在他肩上套了一根拉纤的绳套。他观察一下周围，选择站在一个不比他高多少的男孩儿身旁。这个男孩儿虽然很瘦，但皮肤黝黑，看上去比较精通拉纤这个活计。

长长的竹纤藤从船上放下。纤夫们先是背着白色的麻纤绳在江岸的石头上走一段路，直到竹牵藤被拉紧，纤绳被牢牢固定在锁扣上。小李不知所措地看着面前的悬崖峭壁。从这里开始就没有平坦的江岸了，但他们怎么在那些悬崖峭壁上行走和拉纤呢？他们又不是猴子！

不，纤夫需要做的远不止这些！纤夫们不仅要在悬崖峭壁上踩出蜿蜒崎岖的小路，而且还要用尽全身的力气拉紧绑在背上的纤绳。前架长手里拿着一根小棍在天空中挥舞，他此刻不仅是监工，还是纤夫号子的领唱。

几乎所有人都竭尽全力向前弓起腰，爬上岸边的山崖，缓缓向上，爬到拉纤的小路上，同时还忽高忽低地喊起号子。

"嘿嗬嘿嗬嘿嗬……"纤夫们从胸腔发出吼声。如果没有这响亮的号子，他们根本无法完成这艰苦的任务。拉纤的路如此难走，拉纤的绳子给他们的肉体带来巨大的痛苦。

小李当然愿意把拉纤的工作完成得尽可能好，但大多数时候，他只能观察自己应该把脚放到哪里，同时还要注意不被其他人从峭壁上踢下去。有一次，他转身从上往下看到长长的纤藤和河里的大船，原本雄伟的大船变得小多了，他还在船上看到一个红色的小点儿，那是船长的女儿庆红。

"小心点儿！"一名纤夫厉声训斥他，"踩到我的脚了！"

突然间，五六十名纤夫就像是钉在了峭壁上，一动不动，是的，有几个人甚至还后退了几步，所有人的额头和脖子上都暴起了青筋，号子声也变得沙哑。但是前架长仍然像个妖魔一样在大家身边挥舞着棍子，催促大家向前。纤夫们拉着纤绳，伴着后面传来的鼓声吼道："嘿——哟！嘿——哟！嘿——哟！"

纤夫们弓着腰缓慢地向前挪动，双手紧紧抓住石头，呻吟着拉住纤绳。有时，一小段湍流过后，向上流动的水（船夫们叫西流水）会驱动船前行一段距离，这样拉纤的牵藤就不再绷紧，而纤夫们就会随着惯性身体前倾，这时，他们必须向前小跑几步重新拉紧纤藤。

负责理顺纤藤的纤夫工作最不容易。小李第一天就见识了他的灵活。这是一个大约十七八岁的小伙子，很高很壮。身体由于大多时候赤裸着，已被晒成了古铜色。他的主要任务是把挂在凸出来的悬崖上的牵藤解下来，所以他不但要勇敢，而且要动作非常灵活，但他仍然有好多次差点儿被绷紧的牵藤弹进滚滚的河流！他的胳膊和腿也因为剐蹭到岩石而流了不少血。在一些特别危险的地方，他还需要有个帮手。当然，因为任务的特殊，他可以拿到额外的工钱。

傍晚时分，小李正式拉纤的第一天终于结束了。纤夫们无精打采地低着头回到船上。小李觉得身全散了架，像死鱼一般瘫在甲板上。他从来没干过这样的活！他隐

隐约约听到一个纤夫说明天的路还要艰难，尤其是几个特别危险的急流险滩。他吓坏了。纤夫们围坐在渐渐熄灭的炉火旁抽烟、聊天，而小李疲惫得饭也吃不下一口。

第二天早上，小李感到浑身上下每块骨头都痛。幸好，一小时后，大家在一段急流前停了下来。他实在太高兴了，这里还停着其他几艘船，大家都在等着纤夫把船拉出这个区域。附近一个村子的男人都来拉纤，妇女孩子也一起帮忙。树枝搭建的茅屋紧挨着悬崖峭壁，看上去像是燕巢，在一块狭长的石板上竟然还有一家小小的茶馆。纤夫们聚集在这里闲聊，养精蓄锐，休息后再开始工作。来往的船只要在这里排队，等着轮到自己被拉过湍流。小李闲来无事，走到岸上，爬上一块大石头。

小李站在一块高高的白色石头上，朝水里看，突然发现有人站在自己身后。他转过身，看到庆红朝他微笑。他们已经一整天没有见面了。纤夫们白天如果留在甲板上，船长的小女儿就很少走出船长室，只有到了饭点，她才出来给爸爸和自己取饭。小李指着水轻声说："鱼。"

"我们一起抓鱼好吗？"庆红期待地问。

"怎么抓呢？"

"这个我知道，舀！"

庆红说着跑回大船边，跳上踏板。她很快就回来了，手里拿着一根长竹竿，上面挂着一张渔网。她坐在小李站着的那块岩石上，两人一起把渔网沉入水中，让渔网在水中向下移动一小段距离，然后再把渔网提上来。从渔网上掉落的水珠在阳光下泛着银色的光。

太阳出来了。峡谷里冲出来的湍流发出怒吼，催促的鼓声反而显得低沉。小李和庆红两人仿佛忘了整个世界，他们此时只是两个孩子，眼里和心里只有那条在水中闪闪发光的大鱼。他们差点儿就要抓住这条鱼了。

他们的渔网里已经有两条活蹦乱跳的小鱼。他们从渔网中掏出鱼，一起躲到岩石后面。小李用力把鱼头在石头上摔了几下，再用左手抓住鱼，用右手的食指抠出鱼鳃和内脏。庆红用几张纸、枯草和冲到岸边的干树枝生起火，再把鱼串在一根小木棍上烤。他们小心地撕下一块热腾腾、已被烤得松脆的鱼肉，然后用嘴吹一吹，开始享用烤鱼。他们感觉自己非常伟大，既抓到了鱼又亲手烤了吃。

小李已经随着这艘大船在扬子江上航行了六天，也就是说，他已经在肩膀上套着纤绳，在崎岖的悬崖峭壁上走过了很长一段路。他嘹亮的声音已经融入纤夫们的号子里，而大家的号子声会因为两岸崖壁的反射而产生杂乱无章的回声。因为每天在太阳底下辛苦地干活，小李全身被晒成了古铜色，也结实了许多，这自然也是因为他吃得好。他两只脚变得非常坚硬，即便是尖锐的石头也刺不破。

小李虽然力气仍然不大，但已经可以和大家一起帮着运盐船逆流而上，通过所有危险。他没有时间思考自己是否还可以过不一样的生活，因为每干了一天活后，到了晚上之后，小李都会靠在厨房的舱壁上伴着长江的波浪声沉沉睡去。其他纤夫都很喜欢乐观的小李。他常常用自己嘹亮的声音给大家领唱。有时由于两岸的岩壁过于陡峭，根本无法拉纤，于是几十名船夫拼命摇动长橹逆流而上，把船推出这个区域。在峡谷里，即使尖锐的哨子声和叫喊声也不会招来风。

除了庆红以外，小李在这艘船上还有一个忘年交，那就是船上的厨子。他非常感激胖厨子，正是因为厨子，他才可以时不时地留在船上不用拉纤。

"他应该一起拉纤。"前架长唠叨着，但厨子却说：

"那我什么时候才能洗完这些菜，我什么时候才能做好饭呢？"

胖厨子非常喜欢听小李用嘹亮的声音唱起从士兵那儿或者在路边茶馆学来的歌。

航行到瞿塘峡的时候，大船遇到前所未有的困难。当然，通常情况下，没有哪艘大船能够一路上不经历任何困难便经过险滩、越过湍流而到达终点的。

这一天事情层出不穷。早上，就在小李和庆红通过船长室的小窗子向外看并且数着一共有多少新的、老的废船停在这满是礁石的险滩时，不幸发生了。他俩甚至还在笑着谈论那些蹲在地上赤裸着上身的男人，这些人旁边放着湿漉漉的衣服在晒，另外还有几间从江水中捞上来的浮木搭建的小房子。船长叫庆红去船长室送茶水的时候给他俩安排了任务：

"如果你们在这段峡谷中大声说笑，就会惹怒夔龙！你们还是去看看晒在岸边的棉花袋子吧。哎，哎，这都是损失啊！"

庆红张了张嘴巴，瞪大眼睛看着一个大漩涡接着一个大漩涡的、深不可测的江水，然后害怕地看着小李，而小李此时正漫不经心地坐在门槛上玩着猫尾巴。忽然，庆红大声叫起来，小李跳到她的身旁。

"看，那艘红色的船！"她说。官方巡逻船一般漆成红色，雇佣特别勇敢的船夫，在遇到湍流时为过往船只提供救助。庆红指给小李看一艘红色的船，它迅速从他们身旁经过，顺流而下。船夫们整齐快速有力地摇着橹，每摇动一次橹，就用嘶哑的声音吼出短促的号子。

小李看到，船前头放着两个用白布遮盖的人，这应该是在江水的涡流中因船舶失事落入水中的醉酒者。船长也看到了这艘船。

"快给我舀碗米来！"他对庆红说。庆红递给他大米后，他把米撒在长江里，口中喃喃有词。

"他为什么这么做？"小李担心地问他的小女朋友。

"你没怎么跟我们一起在大风大浪中航行。你没看到今天的江水有多么汹涌，江水有多么快地冲击山谷？你没发现漩涡中间有一个深深的黑色漏斗？大浪从很远很远的雪山上带来雪水，这让江里的龙非常愤怒，我们必须安抚他。"

甲板上响起了升起船帆的声音，滚轮发出刺耳的嘎吱声，船夫们大声唱起欢快的号子。起风了，蓝白色的船帆在太阳下熠熠生辉，船夫们拉起船帆，大船在微风中前行，开进最陡峭、最危险的峡谷。急速前行的船头下面的江水发出潺潺的声音。两个孩子开心地爬上屋顶，躺在上面，观察在水边、在崖缝间顽强生长的植物以及在峡谷间自由自在飞翔的老鹰，看着在山崖间攀爬的、体积硕大的猿猴，他们可以清楚地听到它们凄厉的叫声。

大船开到瞿塘峡中间时，风逐渐减弱。纤夫们时而大喊时而颤音的号子声也渐渐变弱。船帆随着风的减弱而慢慢松弛，最后静静地挂在上面。此时，前架长招呼大家全部回到船上摇橹。"嘿呀，嘿呀，嘿呀！"他们一边吼着号子，一边整齐地拼尽全力摇橹，急促地踏着脚配合号子的节奏。

小李也想跑到前面帮忙，然而水流太急，船忽然向左倾斜，撞到了尖锐的岩石上。几个纤夫飞快跑过去使尽全力用长长的蒿杆抵住船尾，以防船进一步被撞。船头接近江岸时，那个十七八岁的头纤一个箭步跳到一块岩石上，把又长又重的纤藤在一个突起的岩石缠上三圈。"嘎嘎嘎嘎"，舱壁发出咯吱咯吱的声音，大船却纹丝未动。

"快上去，你们这些懒鬼！"前架长用沙哑的声音吼道，"快上去！快上岸去！纤藤已经拴好了，快拉纤去！"

船夫们嘟嘟囔囔地不想去，但是前架长不给他们抱怨的时间，早已挥舞着指挥棍等在船头。一位年长者说：

"那上面很难走，特别是下雨的话，你看前面那片乌云！"

"下雨的话！"前架长模仿他的口气，"可是现在还大太阳呢！一会儿下雨吗？那我今天是不是可以只给你们半天工钱？快敲鼓！"他朝厨子的方向大喊，"那三个强壮的留在船上，拿起蒿竿！"然后他又对躲在一旁的小李说："起来，小鬼，你也一起去！"

小李看向庆红。今天他已经非常勇敢了，感觉到了江中的恶龙，还看过船上的死人！庆红站在屋顶上，看着小李，然后她故意向自己的小朋友伸出手，跑向父亲，想问问父亲小李是否可以留在船上。但她的父亲根本没有时间理她，正在全力以赴地掌舵，他要让船头偏离岩石峭壁，然后带领大船回到航道中。纤夫们已经背着纤绳跑到前面，把自己套在长长的牵藤上，同时还喊出粗犷的号子给自己打气。他们灵巧地利用每一块突出的岩石，像山羊一样在岩壁上找到自己的路，最后竟然在崖壁上踩出了一段狭长的小路。小路？不，这其实不是他们踩出来的，而是前人们几百年来在令人眩晕的高高的峭壁上用脚踩出来的路。

天空突然下起毛毛细雨，细细的雨丝仿佛是大船和江岸之间一道轻柔的帘子。没过一会儿，潮湿的崖壁就开始像镜子一样光滑。此时，纤夫们光着的脚丫很难在岩石上找到稳稳的支撑点，几个纤夫滑倒，甚至跪在地上。前架长不再带领大家喊号子，而是开始大骂脏话；纤夫们的号子声还在对面的江岸间回荡，慢慢消失，偶尔有几声颤抖的呻吟从他们的胸腔中发出。

负责纤藤的头纤做着最艰苦也是最危险的工作——他要及时把被凸起的悬崖挎住的纤藤解下来。但是这一次，他不够灵活，绷紧的牵藤挂到了露在水面之外的一块尖锐的岩石边角上，牵藤有突然崩裂的危险。纤夫们身体猛地向前倾斜，他们无法再拉纤绳，只能用双手给自己找一个可以抓住崖壁的地方。纤绳深深地勒进他们的肩膀，他们根本不敢四处张望。因为使出了吃奶的力气，纤夫们额头和脖子上根根青筋突现。

头纤像只山猫一样快跳了几下，跃入水中。不一会儿，水中就露出了他结实的、古铜色的身躯；他的双臂奋力越过头顶拍打着江水，发出哗啦哗啦的响声，拼命向被岩石挎住的牵藤游去。但是巨大的漩涡在悬崖和河流之间旋转，徘徊，把他拉回来，又要将他吞噬。猛地一下！这根原本绷得很紧的牵藤伴随着一声巨响断开了——嘶嘶嘶嘶——断为两半。纤夫们纷纷跌倒在凹凸的岩石上，有三个纤夫失去支撑，落下悬崖，他们痛苦的号叫和其他人的谩骂声混在一块。剩下的几十个纤夫费力地爬起来，拉着已经断掉的牵藤尾巴向下游跑。现在，这艘巨大的盐船失去了控制，在激流中急速地转了几圈，然后朝着悬崖冲去。留在甲板上的人一边不停地叫喊，一边用长长的蒿杆抵住大船。大家小心地让船尽量不撞上悬崖，然后几个纤夫跑回到事发地。

瓢泼大雨把峡谷变成了一个混沌的世界，巨浪不停翻滚，怒吼，天上雷声滚滚，一道闪电过后，霹雷在峡谷中炸开。两个纤夫小心翼翼地朝着三个落到水中的人爬去。一个遇难者已经被冲到岸边，不再动弹。另外两个的身体飞过岩石，最后落在岸边一片狭小的草地上，乱蓬蓬的灌木丛恰好接住了他们。其中一个一边抱怨着，一边用手肘支撑着身体。他的脸上满是伤痕，鼻子也破了，但在别人的帮助下还能勉强站起来。躺在他旁边一动不动的就是小李，虽然他看上去像已经睡着了，但他的心脏还在跳。一个雄壮的纤夫背着他向上爬时，他还发出疼痛的呻吟。大家陆陆续续回到大船上。

小李醒来时，他躺在大船甲板的前面，受伤的身体像火烧一样发烫。他抓破自己的衣服，如同一头发疯的野兽在地上打滚。胖厨子走过来，用河水冷却他的伤口，然后给他穿上自己的旧裤子，接着清洗这孩子沾满血迹的衣服。他俩一直关系很近。

对于这场事故，船长什么都没说，只是尽可能不让庆红看到或者听到这场事故，也不让她离开船长室。值得庆幸的是，他的船没有漏水，他运送的盐保住了。损坏的牵藤和橹很快就能修好，死者也很快被埋葬在河沙和石头下面。

第二天早上，大船又要启程，它还需要完成后面艰难的路程。鼓声再次响起，纤夫们顽强又愤懑的号子在峡谷两岸高高的悬崖间回响。

另一个遭遇不幸的纤夫很快脱离了险境，摆脱了恐惧。对这种灾难，纤夫们有些见惯不怪了，但小李情况却不太好。他身上的伤口本不严重，但却因为一些脏东西感染，特别是他身旁总是飞着很多传播疾病的苍蝇。他躺在货舱最上面、顶棚下面，可恶的苍蝇总是围着那些剩饭、馊饭嗡嗡嗡地转悠，偶尔还落在小李的脸上、头上，在他的袖子、衣领上爬行，当然也可能侵犯到他的伤口。

就这样，小李发烧了。庆红总是不顾父亲的禁令去看望这个生病的小朋友。她父亲对她说："他只是一点儿皮肉伤，没什么关系。"但当她看到小李烧得通红的脸时，担心又害怕。"李洪顺！李洪顺！"她轻声地唤着小李的名字。小李望着她的眼睛发直，不再像以前那样对她微笑。庆红感觉小李已经认不出她了，大声哭起来。这时，厨子走了过来，对她说：

"快走吧！你爸爸不想你在这儿！"

"不，让我留在他身边吧，要不谁来照顾他？"

"当然是我了。你看，这里有草药和烟草汁。我马上就给他的伤口上药，还给他喂点儿茶喝。"

庆红看到茶壶还是满的。她一直等到厨子离开，然后端起茶壶，把茶壶嘴对准小李干干的嘴唇。小李迫切的喝下茶，又看看庆红，朝他微笑。庆红的父亲在喊她，她不得不离开了，此时小李对着她的耳朵小声说："你还来吗?"庆红点点头。

日子一天天过去了。小李大多数时候都是半梦半醒，慢慢也感觉不到疼痛。他观察自己周围的一切，但看到的不是熟悉的景象，而是奇奇怪怪的形状。他越努力保持清醒，周遭的一切看起来就越怪异。有一次，他甚至坚信自己看到了小麦金色的头发。这些头发以一种奇怪的姿势挂在舱顶，在阳光下闪闪发光，可是一阵风又把头发吹乱了。

"快把小麦的头发拿走！"他指着那堆头发请求庆红。庆红走过去，拿过来一团破麻绳，哈哈大笑。小麦的头发应该好看得多吧！

最折磨人的是，小李在半梦半醒的状态下认为自己跟在一匹瘦弱的小棕马后面跑，马上面还骑着一个胖胖的男人。这个胖子在马背上啃着玉米，或者朝地上吐瓜子皮。小马驹跑得飞快，他好几次差点儿看不到小马驹，只能在后面累得喘粗气。此时他呼吸和心跳都非常急促，心快要跳出来了。甚至还有一次，他在睡梦中大声惊叫。

听到惊叫的厨子走过来看望小李。他已经很久没来看这个可怜的孩子了。厨子心想，这个孩子看到鬼了。谁知道呢，也许他已经一只脚踏上了黄泉路？厨子现在已经没心思做饭了。小李此时的状态，对厨子来说完全是糟糕的信号！厨子心想，一定要避免有人死在船上，否则将给他和整艘船带来噩运，他必须和船长谈谈，如果这个孩子还不好的话，是不是要把他丢到岸边？虽然厨子一直很喜欢小李，但对迷信的恐惧战胜了他对小李的喜爱。现在，这个小李既听不到什么又几乎认不出他，只能静静躺在那里，就像个陌生人。

庆红很快知道了一切。一天晚上，她听到厨子偷偷跟他父亲说："扔下他应该更好。"从此，她不再离开小李身边，不管父亲是责骂她还是拿棍子吓唬她。庆红内心有个声音坚定地告诉她：你必须留在他身边，否则不幸的事情就会发生！于是，她留在小李身旁。因为后来的航行非常艰难，船长只能把全部精力放在航行上，所以不再阻止女儿留在小李身边，只是每天晚上都要把她接回到船长室。

庆红其实也帮不了小李太多，她可以给小李喂水，还给他找来一床被子，甚至给他穿上了一件父亲的旧褂子。至于小李的伤口，庆红苦思冥想，最后尽最大努力在小李的伤口上包扎了麻袋片儿。其实小李拥有顽强的意志力，尽管他的高烧一直不退，人们无法知晓他究竟能否恢复如初。

一天，庆红蹑手蹑脚地来看小李，吃惊地看到小李的脸不像以前一样红，而是变得苍白，他的呼吸也不再那么急促。庆红小心翼翼地靠近小李，发现小李睡得很沉很稳。是的，小李的高烧已经退了。可她还是不太敢相信，于是用自己的小手试了试小李额头的温度，是的，他的额头已经凉下来了。庆红安静地坐在平常的位置上，继续用彩色的丝线在一双新鞋上面绣各种图案。

小李终于睁开了眼睛，看到坐在自己身旁的好朋友。

他狡黠地眯着眼睛看着庆红阳光下的身影，仿佛还听到了江水流动的声音，其中混合着岸上纤夫的号子。他还看到那些冰冷险峻的悬崖峭壁渐渐移向身后，绿色的小山出现在眼前，种了庄稼的农田一直延伸到岸边。然后，他轻轻地叫了一声："庆红!"随之舒服的伸展身体，闭上眼睛继续睡觉。

第二天早上，纤夫们已经登上了陆地。小李也从他的小窝里爬了出来。小李既没洗澡又没梳头，干瘪的身体上挂着一件肥大的褂子，看上去像是一只生病的动物。厨师看到他，大声尖叫，不过很快就镇定下来。他回到厨房，给这个重获生命的小家伙盛来一碗热气腾腾的稀饭。

过了一会儿，船长也走上船头，想亲眼看看这个死里逃生的男孩儿。庆红跟在他后面，紧张地观察父亲的脸色。他会说什么呢? 父亲扯着他稀少的几根胡须陷入沉思。是的，这个拉纤的男孩儿活过来了，但是他还要多久才能重新拉纤呢? 他要看看可以把小李留在哪儿，于是和善地说:

"我们马上就要到重庆了，那里很漂亮，你不想留在重庆吗? 我们在那里分开吧。到了那儿，你差不多就全好了。"

小李呆呆地注视着他。他现在还非常虚弱，无法思考和计划未来，但有一点很确定，那就是不想再拉纤了。

晚些时候，他才想到自己曾经到过重庆。他想起朝天门那家大饭馆，当时一个强壮的、穿着蓝色衣服的船夫请他吃过饭。他还想起，那个船夫对他说过，他的名字就在饭馆的牌匾上。现在他已经会读书认字了，他非常想看看黑漆牌匾上的红色大字是不是他的名字。但他一想到要离开庆红，就很心痛，庆红一定也很悲伤。

小李和庆红连续两天安静地坐在船头，脸上写满了悲伤。江上忽然出现一座白色的塔，它坐落在一个锥形的小山丘上，山丘下面是一直延伸到江边的、盛开的油菜花田。大家已经可以闻到空气中的花香，白塔也在告诉他们已经快到城市了。又过了一会儿，人们看到江水上方冒出来很多凸出的大块岩石，那上面建有高高的岗楼、弧形的塔檐和弯弯曲曲的城墙。小李用手指着那儿问：

"这是哪儿?"

"重庆。"厨子回答。

"我要在那儿上岸。"小李说。

庆红瞪大眼睛看着他，已经开始默默地落泪。小李不知所措，只能看着天空。厨子吧嗒吧嗒拖着脚去找船长了。船长旋即出现在甲板上。

"孩子，你可以在那儿上岸；那里住着很多富人，他们会帮助你的。"他摩挲着双手，庆幸这么简单就可以摆脱掉小李。但一转身，他又看到自己的女儿在哭，于是威胁她说：

"你这个傻孩子，你跟着这个拉纤的穷孩子干什么？这条路没希望的。"说到这里，他又急匆匆地赶回船长室。

没过多久，纤夫们都走上甲板，大家准备一起摇橹，让船走过最后这段平静的水路，安全到达重庆。天气很好，阳光明媚，视线之内都是金灿灿的油菜花，天地之间弥漫着油菜花香。纤夫们一想到马上要在重庆休息就心情极好，特别是一到重庆，他们就能拿到工钱，然后到岸边找个地方刮刮胡子，剃剃头发，放松放松，甚至风流风流。纤夫们还想去充满生活气息的城市里转转，找一家有名的馆子好好吃顿饭，最好喝几碗烫好的米酒。

悬崖上面的城市就在眼前。远远望去，沙滩上的人们如同密密麻麻的蚂蚁走来走去，人们爬上高高的台阶，一直爬到城门。这艘体积巨大的运盐船停在了城市脚下的江边。江边已经停靠了很多船，其实很难在船与船之间挤到一块安身之地。船与船之间不时传来叫喊声和咒骂声，间或还有小孩儿的喊叫声和妇女的谩骂声。

船上的货物卸了两天，明天就要返航了。这回，厨子又挎着篮子去陆地上采购，后面跟着一个提着两个篮子的男孩儿，他们要买些猪肉用来庆祝到了重庆。

纤夫们等待着发工钱，但船长还没露面。就在几个纤夫已经等不及的时候，厨子气呼呼地回来了。跳板在他和篮子的重压下发出嘎吱嘎吱的声音。厨子今天心情不好，朝人大呼小叫，让别人给他腾地方。只有小李留在他身边，帮他做饭。

"你为什么这么生气?"小李轻声问:"猪肉是不是买得很贵?"

厨子哈哈大笑，疑惑地看着小李。

"你这个小鬼头真是精明。"然后他叹了口气，皱了皱眉头。小李看到他额头上深深的褶子，又弯下腰去专注于自己的工作。他做错什么了吗?

他没做错什么。厨子明白，他们现在要抛弃这个无依无靠的孩子了，现在这个时间对他来说可能最好。他们已经养活这个孩子很长一段时间了。他向船长抱怨，他怨恨全世界，他甚至也怨恨自己为什么不能反抗这一决定。但是他知道，在重要的问题上不能和上司顶撞，否则可能丢掉船上的工作，他唯一能做的只是给小李准备一点儿临时挨过苦日子的口粮。

首先厨子为大家准备了一场盛宴! 所有人，五六十个纤夫挤在前甲板的厨房里。厨子缓慢地填满他们的饭碗。他们看着厨子，口水已经流出来了。填满饭后，他们非常小心地端起盛得满满的大碗，给自己找个僻静的地方，然后蹲下来，一只手端着碗，一只手拿起筷子，靠在低低的舱壁上，吧嗒吧嗒地吃着饭，偶尔舔舔饭碗，仿佛这也是他们吃饭的一种乐趣。他们把装有配菜的饭碗放在中间，以便每个人都能方便地够到，在酸豆角中找出一点儿猪肉和大蒜配米饭吃。

厨子事先已经偷偷给小李准备了饭菜，他撑得肚子溜圆，然后蜷起身来美美地睡上一觉。

最后上来的是米酒。酒壶在纤夫中间传递，每人分到一瓷杯米酒，喝完后再把米酒壶传给下一个人。

就在大家喝酒的时候，高大威猛的船长面色严肃，捧着一袋子铜板，迈着沉重的脚步来到大家面前。结算工资的过程并不顺利，船长总想多占点儿便宜，克扣纤夫们本已非常微薄的工钱。但是大家的眼睛是雪亮的，死死地盯着船长的手指头，一旦发现船长的行为对自己不利，马上激烈地反抗。有些人甚至站起来身来，一旦发现自己吃了亏，马上卷起铺盖卷儿要离开这艘船。

船长突然发起了脾气，气势汹汹地站到了狭窄的通道前面。奇怪的事情发生了，船夫们本来满嘴牢骚的围在他身旁，此刻却安静地回到自己的位置。厨子站起身，擦了擦嘴角的油，迈着四方步靠近船长，说：

　"那个拉纤的小孩没有钱吗？他在船上干了十四天。"

然而，船长恶狠狠地回答他：

"我是大发慈悲才接纳了他！你问问他，当初他是怎么求我留在船上的？是不是他自己说的不要任何报酬？这十四天他干了啥子？"

船长说完，怒气冲冲走回船长室。厨子不敢再说什么，只能收拾残局，把碗筷扔得叮当乱响。等到船夫们抽着旱烟消失在岸边后，他才从自己的褂子里掏出来一枚闪闪发光的银圆。他充满爱意地看着这枚银圆，用衣襟擦了擦，随后把它藏进了熟睡中小李的口袋。

这是一个晦气的早上，从灰蒙蒙的天空飘下来的小雨很快就被汹涌的波浪贪婪地吞噬掉。古旧萧条的城市无力地望着面前的江水，岸边吊脚楼斜斜的屋顶上一直落着黑色的雨滴。灰墙后面死一般的寂静，整座城市似乎仍在沉睡，是的，仿佛静静地消失在雨幕中。但是城市下面停靠的船暗示着，还有很多人在等待着，等待着新的一天，这也是普通的一天，劳作与忧愁的一天。

船长已经试了三次叫醒人们，然而大家仍然昏睡。大家在享用了昨天的美食后睡得比往常更沉，其中几个甚至在打呼噜。

但船长的耐心已经到头了，他用脚踢船夫们的背。船夫们很生气，但一个一个的不得不慢慢爬起来，然后摇摇晃晃地收拾铺盖。一大早还有个"礼物"迎接他們——雨！船夫们冷得缩着肩膀，随便把大毡帽的帽檐翻上去，然后排成两排站在橹边。此时头纤已经跳到水中去解开缆绳。但是他们还忘了点儿什么。船长室里传出喊声，人们放下橹，把船推向岸边。小李，这个原本帮着拉纤的孩子，要被留在岸上。这个工作要由厨子来做。厨子站在那里，咬着嘴唇。他们差点儿就走了，带着小李一起。

船长越过舱顶看向前甲板，不耐烦地拍着手掌。

"要不等下吧？"厨子偷看了一眼船长，接着又小心翼翼地补充说，"下着雨呢。"

"把他放在那些吊脚楼下面！"船长说着用手指指向岸边几座歪歪斜斜的吊脚楼，吊脚楼下方仅有几根斜的长柱子支在岸边黑色的泥土里。厨子又看了一眼船长，但是船长正在看天，这也就意味着，小李的事情已经有了结果，不能更改。

厨子弯下腰，把还在熟睡的小李背到背上，踩着跳板走向岸边，前架长喊他快点儿，但他似乎走得更慢了，背着小李摇摇晃晃走近吊脚楼，接着小心翼翼地把小李放在吊脚楼下面。这里虽然非常脏，但至少是干的，小李能在这儿躲躲雨。

小李从厨子的手臂上滑下，醒了，眯着眼睛看着厨子。他甚至没有完全清醒，恍惚中好像看到厨子在他身旁放下一袋大米。厨子只能为他做这么多了！然后，厨子默默地离开，回到沙滩上。他弯着腰，走得很慢，仿佛肩上扛了比之前更重的东西。厨子再也没有回头看小李，即便是小李发现自己的窘境而对厨子拼命挥舞手臂，大声呼喊，厨子也没有再回头。

小李想跟在厨子后面跑，但他身体仍然非常虚弱，他甚至没办法一下子站起来，所以只能在厨子身后大喊大叫，希望唤起留在大船上的人们的注意力。不知是被什么力量驱使，庆红突然跑到前甲板上。

"小李，小李！"庆红呼唤着。厨子回到大船，两个船夫收起跳板，庆红径直跑向胖胖的厨子，用自己的小拳头捶打厨子，甚至还咬他的手。"嘿哈呵！嘿哈呵……"摇橹的船夫们齐声吼着号子。小庆红的哭声淹没在船夫的号子声中。大船很快冲入河心，离岸边越来越远。小李抱着一根柱子，缓慢站起来，注视着远去的大船，徒劳地寻找着庆红的影子。而此时的庆红正被厨子扛到大船后面的船长室里。小李一言不发，身体滑落到地上。大船在拐弯处消失了，然而小李却仍不放弃，一直盯着雨中的河流，寻找大船的踪影。

第六章

否极泰来

雨一直下，小李在吊脚楼待到中午，身边的那袋大米不知什么时候不见了。他观察着从房顶滑落到身边的雨点，雨点落在地面的水坑中，他观察着水坑中怎样溅起水花，从城市里冲刷过来的木屑和垃圾随着流动的臭水不断冲击着密密麻麻、各式各样的船。

小李想用手指在泥土中挖出一个一个小洞，但他想到自己目前的处境，担心起自己的未来，因此赶快收拾起思绪。突然，他感觉一缕阳光照来，岸边的小水坑在阳光的照耀下闪闪发光。小李已经消耗掉早上吃的米饭，感到肚子有些饿，尽管虚弱，但还是想要勉强站起来。不过他很快发现，自己还是四肢一起行动比较方便，于是像一条小狗一样爬过潮湿的台阶，爬向城门，尽管这一路上要冒着被驴子和挑夫踩踏的危险。小李的这个姿势到了城里就不那么显眼了，因为城里有很多这样爬行的乞丐。

他都想起来了。他清楚地记得那里有一家富丽堂皇的饭馆，他曾经在那儿吃过一顿美美的午餐。寻着饭香，他很快就找到了那家饭馆。是的，饭馆大门上方还挂着那个醒目的黑色牌匾，上面写有红色的大字，一个一边有玻璃的回廊。平时很多客人，特别是很多船夫在这里吃饭，因为这家饭馆有一个魁梧的厨子大声唱着菜肴的名字，从而招来不少过往的顾客。还有不少穷苦人和残疾人坐在前面马路的泥里敲打着乞讨的饭盆，唱着乞讨的歌谣。小李此时就在他们中间，苍白而干瘪，看上去和乞丐没有什么区别。当然，和之前一样，那些职业乞丐都斜眼看着他。就在这时，当其他乞丐用要饭的棍子敲打他时，他真切地看到了那个高大严肃的船夫，他的老朋友！

小李的心怦怦乱跳。那个大人物能看到他吗？或者是否应该接近他呢？他不能在门前停留太长时间，乞丐已经开始向他丢去烂泥和垃圾。小李用尽全身力气站了起来，靠在台阶旁边的柱子上，摇摇晃晃地从一张桌子挪到另一张桌子，一直到他要找的那个船夫坐着的桌子旁，最后终于失去平衡，一头栽在船夫旁边。这个高大的船夫吓了一跳，尽力抓住小李，同时也认出了小李，并松开了他。小李用自己所了解的最古老的礼仪跪在地上给船夫磕头。

"起来，起来！你是不是上次那个小老弟？今天嘟个变成了这个样子呢？"

客人们围在他俩周围，开始盘算船夫会怎么对待这个废物呢？船夫可没有耐心和这些好奇鬼打交道。

"你叫啥子名字？"

"李洪顺。"小李一边轻声说，眼睛一边寻找那块匾。当时船夫对他说，那个牌匾上的字和他的名字一样。可惜那个时候的他还不认字。现在，他能够慢慢地拼出自己的名字："李——洪——顺"。

"真的一样！"他开心地大叫，已经忘了周围的人，"真的和我的名字一样！"

"坐在这儿！"船夫说着用一块蓝色的毛巾给小李擦汗。小李喝下船夫递给他的热茶，身体慢慢暖和了，古铜色的额头上渗出豆大的汗珠。

"你从哪儿来？"

"一艘大船，他们把我扔在这里了。"

"他们为啥子不要你了？"

小李的嘴角露出一丝悲伤的微笑。他撸起褂子的袖子，把整件褂子拉到头上，旁边的人都看到了他身上的伤疤，这都是他上次落水造成的。然后，他说：

"瞿塘峡！瞿塘峡！太可怕了！"

船夫洁白的上牙和下牙咬在一起，发出嘶嘶声，听上去像是冷水在热石板上冷却时发出的声音。他看了看簇拥在自己周围的人：他们肩膀上都有一个用来扣住纤藤的锁扣，脸被太阳晒伤，两颊深陷，鼻子和嘴巴附近分布着深深的皱纹。这些人都是拉纤的。

高大的船夫站起来，像座山一样堵在桌子前面，用低沉悦耳的声音说：

"我们每个人都可能遇到这些事情。"周围的男人们对视，然后朝着船夫点头。这里面有好几个纤夫有过相同的经历。他们遇到困难危险的时候，没有人关心他们，帮助他们。但这个船夫想做什么呢？他看着饭馆的牌匾，然后对小李说：

"再说一遍你的名字！"

"李洪顺。"

船夫点点头，随后叫来饭馆的掌柜。

"给我纸和笔！你坐在这儿，小老弟！你现在会写字了吗？好的，那就在这儿写上你的名字！"

小李非常认真，他还把毛笔在舌尖上蘸了一下，然后尽可能把自己的名字写得漂亮："李洪顺。"

"对！"船夫说着拿起这张纸，同时看了看上面的牌匾。"他和这里老板的名字一模一样！"

大家小声嘀咕，本来麻木的脸上有了生气，大家敏感地嗅出，接下来发生的事情可以帮助他们打发这个无聊的雨天。

"刘掌柜！"高大的船夫朝饭馆的掌柜使个眼色，"你听我说，去找你老板，告诉他这里有一个需要他帮助的同宗。你快去，然后回来告诉我们。我们等你！这个纸条你拿着。等下，你先叫厨房下一大碗点面条，再煎两个荷包蛋给我这个小老弟，还有热茶。明白了吗？"

掌柜不解地看着船夫，然后又轻蔑地看着船夫旁边那个瘦骨嶙峋的小子，但他还是比较尊敬这个高大的船夫的，马上遵照了他的命令。"好的，张船长。"不过他边走边摇头。老板？鬼才相信那个老吝啬鬼会帮助这个小瘦鬼！

小李这时才知道他原来以为是船夫的大汉其实是个船长，姓张。后来他了解到张船长的船主要在嘉陵江航行。小李留在饭馆里，敞开肚皮大吃大喝。他灵巧地用筷子缠住面条，然后滋溜滋溜吸到嘴里。这简直是人间美味！

此时，饭馆主人的家里正上演一场好戏。

李洪顺是这个已经在重庆下半城生活了几百年的家族里年纪最大、最受尊敬的族长。这个大家族就像一棵大树的树干，但还有不少枝枝丫丫分布在其他地方，这其中就包括我们小李这家。不过重庆的大家族并不知道他们还有一个分支远在夔州生活。

过去几年，重庆的李洪顺老板过得并不好。这个家族的男人们在很短的时间里先后过世，李洪顺疼得像掌上明珠一样的独生子，仅仅十一岁，就在几周前被一种潜伏的病毒夺走了性命。

这个儿子是李洪顺的第二个小妾生的。当时李洪顺已经六十多岁了，而他那个年轻的小妾在生儿子时难产死了。虽然他家里还有另外两房妻妾，但她们只给他生了女儿。可是，如果这个家族没有男丁，那么谁来继承李洪顺及祖上的财产？谁能继续经营他的买卖？还有什么比他这个古老的、有名望的家族在重庆城消失更不幸的事情呢？

不管别人怎么安慰他，他的妻妾们怎么细心照料他，甚至从法国医院请来一个外国医生，李洪顺都无法开心，终日坐在高高的雕花靠背椅上郁郁寡欢。偶尔，他的妻妾们叫人抬他起来，让他在院子里坐上一会儿，在芍药花丛感受一下春天的气息。然而，李洪顺完全沉浸在自己的世界中，不吃不喝，郁郁寡欢。他的脸上布满皱褶，面色蜡黄憔悴，丝质的大褂穿在他身上直晃荡。他偶尔吸上两口水烟，眼睛发直，听不进朋友和妻妾的任何劝慰、建议，甚至责备。

李洪顺有三家大饭馆，不过他没心思管理，不愿意乘坐舒适的轿子进城，更不愿意和以前一样每天至少一次到座无虚席的饭馆里和客人聊天。他现在把饭馆交给了自己的伙计。跑堂和厨子本来以为手里有了点儿小权力而沾沾自喜，当然他们还可以占点儿饭馆的小便宜。不过也许是因为没有了那个总是在餐桌旁和客人聊天、询问客人喜好的老板，也许是因为饭馆不再提供有名的蒜酱、肉，他们的老客人渐渐就不来了，钱也赚得越来越少。

在这三家饭馆中，状元桥上的那家是最有名的，戴眼镜的官员和佩戴勋章的军官是坐在饭馆红漆椅子上的常客。第二家位于白象街，戴着黑色便帽、穿着灰色丝质褂子的丝绸商人经常在这里边吃饭边商讨丝绸的价格。第三家就是朝天门港口的这家饭馆，船夫和纤夫们经常光顾，饭馆的菜物美价廉。

这家饭馆原本顾客最多，但现在对面开了一家新的。一个长着扁平鼻子和大嘴巴的年轻伙计站在大锅旁边，总是不知羞耻地站在路边大声唱出菜肴的名字。虽然过往的客人一开始有些疑惑，但慢慢地总会被吸引过去，于是他们的生意越来越好。

对李洪顺老先生来说，这些都不重要。他最近几天总是心神不宁，他仿佛感受到自己死去的儿子在墓穴里也不安宁，是不是他担心自己的父亲死后就再也没人祭奠他了？怎么办呢？李洪顺的妻妾们绞尽脑汁，也想不出一个解决办法。女邻居们每天都来到他家，大家在房间里商量如何渡过难关。丫鬟们每天把一杯杯清香的茶、腌制的杏脯端进房间，稍后还有冒着浅蓝色烟雾的水烟。轿夫们坐在院子里，或者聊天，或者划拳消磨时光。李老先生其实非常不喜欢吵闹。这对他来说有什么用呢？他们根本不知道李李老先生此时的遭遇。他们听不到鬼魂夜晚潜入院子里的脚步声，听不到李老先生的卧室房顶上瓦片挪动的声音。他已经不知道什么是睡觉了。他听从了自己那个忠心的年迈管家的建议，叫人在很远的城墙旁的一棵柏树上吊死了一只猫——这样应该可以阻止鬼魂光临他家，但是好像没起什么作用。他还请了一群道士明天来家里做法事，毕竟这些道士更加精通如何驱鬼。

后来的几天里，穿着百家衣的道士们走进了李洪顺老先生的院子，像模像样地在院子里转来转去，朝四个方位甩着手中的拂尘，像是在准备什么仪式。然后他们拿起乐器开始演奏。笛子的声音尖锐刺耳，摇鼓叮当作响，所有的乐器合在一起发出恼人的噪音。他们这是在试图用噪音驱逐鬼魂吗？与此同时，道士们的口中还一直念念有词。到了晚上，道士们口袋鼓鼓地离开了李老先生家后，人们耳边还萦绕着驱鬼的噪音。

道士们又继续扮神驱鬼了三天后，李洪顺老先生严厉地说："够了，我不想再看到他们。"驱鬼活动仍然继续，李洪顺老先生把自己锁进书房，不再出门。道士们退出院子，但发誓还会回来。

他们第二天早上来到李洪顺老先生家时，下人告诉他们，老先生从昨天开始再也没有走出他的房间。是的，所有人都特别担心，不知道他在里面干什么，怎么样。

然后这些道士在李老先生家的第一进院子里，蹲在门旁商量该怎么办。家里的女主人和下人围在他们周围。有人说，这些道士也想不出什么办法，还有人一边哭一边请求他们好歹想出什么法子帮帮可怜的老主人。

此时，门外有人敲门，咚咚咚，一个人问能不能进来。刚擤完鼻涕的门房慢慢地走过去拿起门闩，掀开一条小缝。有人从外面递过来一张条子。道士们都拥了过来。小纸条从门房的手中经过道士们脏兮兮的手最后传到了女主人的手里。所有人都想知道信上写了什么，最后老主人的一个女儿大声地把信上的字读了出来："李洪顺！"没有别的了吗？她把小纸条里里外外看了几遍。

此时门外响起争论声。

"我是咱们朝天门饭馆的掌柜，你们为什么不让我进去？"

门房打开门。门外站着一个驼背的仆人，他说：

"他是一个到我们那儿的小乞丐。那个张船长，也就是我们一个熟客，他说如果没人去接小乞丐，他就要把小乞丐带走。对了，他还说小乞丐是我们老板的同宗。"

大家一下子蒙了，七嘴八舌讨论起来。就在他们商量应该怎么做时，从外面伸过来一个强壮的手臂推开了掌柜。张船长亲自找过来了，他拉着小李的手，像墙一样堵在门口。女人们见到脏兮兮的小李顿时尖叫起来。有人想用力合上门，但船长迈开大步站在门中间。

这时一个道士凑了过来。他伸长了脖子，小声地告诉女人们安静一下，然后把小李拉到院子里。他弯下腰，温和地问小李从哪里来，为什么来到李洪顺老先生家？

小李紧张又委屈，已经有了哭腔。过去的事情突然间又重现在他眼前。他简短地说了说之前的经历，还提到自己和受人尊敬的李洪顺老先生是一家。小李一边说，一边担心地看着带他来的张船长。张船长站在旁边，一直朝他点头鼓励他。

道士站起来，用手抓了抓鼻子，想了一下后走向他的同伴。他突然想到一个好点子。嗯嗯，现在要冷静，要小心处理。大家今天一下子经历了这么多事情，已经六神无主，这个道士忽然有了前所未有的威严。他的话是有分量的，他也能从中赚点儿钱！他回到队伍中，站到最前面，其他道士迅速收起拂尘，跟着他走到第二进院子。没过一会儿，大家熟悉的音乐再次响起，甚至比之前声音更大，更吵闹。他们的目的达到了。李洪顺老先生书房的门开了，老先生站在门槛上，手里拿着一个烟斗，眉头紧锁。

这些道士并不糊涂。打头的道士使了个眼色，其他人仍然保持队形，所有人的眼睛都盯向外面院子的那扇门，然后打头的道士让女人们把小李带到门前。小李蜷缩在那里，大大的眼睛里满是惊恐。打头的道士此时站在房子主人面前，认真思考应该如何说服李老先生，还不会惹恼他。最后，他说：

"斋主，您看看我们，您再看看门口那个男孩儿！鬼差知道了您的遭遇，希望通过我们为您做点儿事情。听到了我们的乞求之后，虽然他们不能让您的亲生儿子还阳，但还是给您送来一个螟蛉之子，也就是这个小孩儿。但神奇的是，您自己也可以看到，这个孩子可不是随随便便的什么流浪儿，他和您祖上是血脉同宗，原本属于您家族的支脉。您看看这张纸条，上面写着他的名字！一股神秘的力量驱使他找到您！他从很远很远的地方来！他就是那个可以在您百年之后替您祭拜祖先的人，他还会给你开枝散叶，为您带来子子孙孙，让您的家族永远存在于世。"

这个道士说话的同时示意小李向他的新父亲磕头。

小李跑到穿着一身淡紫色丝绸长袍的李老先生面前，在他脚下磕了三个头，然后抬头胆怯地看着李老先生苍白又严肃的脸。

此时，道士们围着他们念经，祷告。女人们从门口跑出来，裹着的小脚在地上飞快地移动。下人们越过男人的肩膀看过去。所有人都低声说"好，好"或者"这样很好"，好像所有人都非常满意。

李老先生本来毫无表情的脸上猛然抽搐了一下，也许是因为小李那张憔悴的小脸勾起了他对过世儿子的思念。这是真的吗？他浑身颤抖，弯下腰，想要把小李扶起来。一个机灵的丫鬟帮他一起抓住小李的胳膊，把小李带到前厅，也就是供奉祖先的祠堂。祠堂正中的神龛下面，摆放着供奉用的米饭和水果，被烟雾熏黑的墙壁上供着李老先生父亲和祖先的牌位，在半明半暗中面对着众人。道士们在外面用笛子演奏起一段轻缓、愉快的曲子。小李被告知要在祖先牌位前面依次磕头，然后双手把燃着的蜡烛恭恭敬敬地插到供奉的香炉里。

道士们饱餐一顿后，拿着丰厚的赏钱，心满意足地离开了李洪顺老先生家。

你们还想知道我们的小李过得怎么样吗？我可以肯定地告诉你，小李找到一个好地方，这对养父和养子很快就喜欢上对方。

大家非常关心和爱护李老先生的养子——也就是小李，家里的女人们争先恐后地为他准备美味佳肴。裁缝来了，为小李做了全套衣服。如今小李穿着崭新的衣衫，梳着整齐的头发。现在他的小脸圆了，面色红润。养父看到他，原本苍白衰弱的脸也有了喜色。

但小李不喜欢这种无所事事的日子。当他再次和养父一起走进餐馆时，他的内心满是喜悦。为了从头了解自己即将继承的生意，小李要在饭馆从头开始。对他来说，还有什么比大声唱出菜肴的名字更美好的事情呢？而这恰好又是养父所要求的。现在，小李响亮的嗓子派上了用场。

小李最喜欢在朝天门那家饭馆干活，这也得到了养父的许可。是的，小李总是幻想自己有一天可以在这儿遇上曾经的船长——庆红的爸爸。是的，他相信，就像长江带给他的好运一样，他注定能够再次遇到船长。一旦遇上，他就要再给船长鞠躬，邀请他来饭馆吃饭。但他还要是命令这个吝啬鬼回到船上，把他的庆红带过来。

如果他的小女朋友看到自己此时正在骄傲地大声唱出菜名，她得多么吃惊啊！

如果他再给庆红戴上一个小巧的银镯子，她会不会更加高兴？不过小李还没来得及给庆红买下这个镯子，虽然他已经为此攒下了第一个铜板。

这一天一定会到来的。每当太阳落山，小李就坐在这家有名的老饭馆门口。饭馆里面坐满了吃饭喝酒的渔

夫和船夫，而此时的小李两颊圆润，眼睛明亮。

他已经开心地拿起铜制的大汤勺，伸向盛满炖肉的大锅，小心翼翼地装满蓝白相间的大瓷碗。这些大碗整齐地摆在前面的木案板上。他尝尝这个，再尝尝那个，然后把盛有自己喜欢吃的菜的碗拿回来，深深地吸口气，很享受的用鼻子闻这道菜散发的香味，接着他来到饭馆门前，用响亮的嗓音喊道：

"有蒸菜，有炒菜，还有泡菜……有回锅肉，粉蒸肉，还有扣肉……有水煮肉片，合川肉片，还有锅巴肉片……有麻婆豆腐，糖醋溜圆，还有鱼香肉丝……有骨头汤、带皮汤，还有青菜豆腐汤……客官请……上菜嘞……"

小李用响亮的声音像川剧一样悠扬地唱出菜名，他希望吸引过往行人的注意，让更多客人来饭馆吃饭。事实上，每天都有很多客人听到小李悠扬的吆喝声涌入饭馆。

后记

AFTERWORD

弗瑞兹·魏司 Ffitz.Weiss（1877—1955 年）与海德维希·魏司 Hedwig.Weiss (1889—1975 年)夫妇先后于 1899 年和 1911 年来到中国，最后于 1917 年一起离开中国。

弗瑞兹·魏司在中国工作和生活长达十八年时间，自 1905 年起他先后担任德国驻重庆、四川（成都）和云南（昆明）总领事。作为外交官的弗瑞兹和作为作家的海德维希都是热爱旅游和具有冒险精神的人，都喜欢摄影和写作。他们在中国西南工作和生活的时候，遍历西部名山大川——连人迹罕至的四川大凉山地区也留下了他们的足迹。

他们还曾沿着古老的南方丝绸之路穿越川滇到达云南，赴任德国驻昆明总领事，最后经过崇山峻岭中的茶

魏司夫妇在长江三峡

马古道返回四川宜宾，再乘船穿三峡经上海回国。这所有的经历，包括"两岸猿声啼不住"的深山峡谷中雄壮的川江纤夫号子、高耸的大凉山密林中回荡不息的美妙彝族山歌，都被他们用最早的蜡盘录音机，用相机和笔一起记录保存下来。

由于第二次世界大战中，中、德分属敌对的交战双方，魏司夫妇1917年离开中国回国。

魏司夫妇逝世多年以后，其后人从车库的仓库中发现了这批从中国带回去的珍贵资料，包括照片、玻璃底片、硝基胶片及显像图片，以及用世界上最早的录音设备——爱迪生录音机——记录下来的声音资料。那些照片很多已经发霉，玻璃底片已经破裂，蜡盘上的录音已经模糊不清。

塔玛拉·魏司 Tamara.Wyss（1950—2016），弗瑞兹·魏司的孙女，一位德国的独立制片人、导演兼摄影，开始收集和整理她祖父母留下的这些珍贵资料。

在德国文化部和外交部的资助下，塔玛拉·魏司选择整理的部分照片于2001年首次在其祖父一百年前曾担任总领事的重庆和成都首次展出。从这些百年前的珍贵老照片中，当地观众第一次看见了许多故乡的历史、地理和文化旧貌。

在德国人类历史博物馆，展示有一双弗瑞兹·魏司从中国带回去的红色小脚绣花鞋。18、19 世纪西方欧美国家对于遥远古老的中国的认识，都停留于男人长袍大辫子、女人裹脚绣花鞋，萎靡抽大烟的东亚病夫印象。2002 年、2005 年，塔玛拉以制片人、导演及摄影的身份两次带领她的摄影团队，循着她祖父母曾经的足迹，穿三峡逆长江而上，经过重庆到达成都。对着祖父母留下的老照片和文字，沿途采访和拍摄，最后编辑为纪录片《红鞋子》，也译为《中国鞋子》，片头就是那双红色小脚绣花鞋。除了追忆祖父母的过往，这部纪录片的重要性还在于，在塔玛拉这次拍摄后不久，由于三峡水库大坝蓄水，三峡中那些她祖父母曾经拍摄的人文地理景点很多已沉入水下，当年的那些景观也许永远不可再现。塔玛拉通过这次抢救性拍摄，在片中对照她祖父拍摄的画面，反映出百年前后长江三峡及成渝沿途地区的人文历史、地理和社会的变化。

整理后的部分照片和文字，于 2009 年以《巴蜀老照片》画册的形式由四川大学出版社出版，当时我在出版社任外编室主任，是此书的编辑，对此画册的编辑、出版做了我应做的工作。

《巴蜀老照片》有一张长江三峡少年纤夫的照片。照片上的少年，那难掩风霜的衣着和颇具特色的头巾、那饱经沧桑仍略带稚嫩的端庄面庞、那双炯炯有神却深藏忧伤的眼睛，隐隐令人心疼！使观看者久久不愿离去！

弗瑞兹在长江三峡边拍摄的少年纤夫名叫李洪顺，出生于长江三峡第一峡瞿塘峡口的夔府（今重庆市奉节县），是一个父母双亡的孤儿。这个小小年纪的孩子，跑过马帮、当过纤夫、做过小伙计，也有过浪漫的奇遇，一直在社会底层苦苦挣扎。后来一个偶然的机会，他成为一家饭店的伙计、继承人，生活从此发生了翻天覆地的变化。弗瑞兹·魏司的妻子海德维希·魏司以这个男孩为原型，写成了《少年纤夫》这本德语非虚构小说。小说在欧洲出版后很受欢迎，少年纤夫的坎坷人生经历深深打动了很多西方读者。自第一版1932年正式出版以后，曾经六次修改再版重印。海德维希还创作出版了另一本描写一位中国少女多难人生的小说《梨花》。

《少年纤夫》今天能够呈现给广大的中国读者，源于又一段佳话。

四川省成都市青羊区西珠市街，幸存着一栋古老的中西结合式建筑，一楼一底，青砖灰瓦，这里曾经是一百多年前德国驻四川成都总领事馆所在地。《巴蜀老照片》画册中有好几张这栋建筑和周边环境的老照片。2004年，重庆奉节（夔府）籍的小伙子傅寒与人合伙租了此楼，在这里开了一家专门接待背包客的国际青年旅舍。得益于这栋古老建筑的历史文化以及主人的精心打理,旅舍经营得不错。2005年,塔玛拉第二次带领她的摄影团队,沿着她祖父母当年的足迹一路寻访和拍摄来到了这里,塔玛拉从此与小傅结下了深厚友谊。当得知塔玛拉祖母所写的小说《少年纤夫》后,小傅被书中这位家乡少年的故事深深打动,希望把这本书引进翻译后介绍给广大中国读者。塔玛拉早有此意,曾经联系过重庆有关部门,重庆出版社还请四川外国语学院的教授翻译了一小部分,后来因为各种原因搁浅。之后,他们通过电子邮箱联络,出版中文版《少年纤夫》的想法得到了塔玛拉的进一步支持和书面授权,塔玛拉赠送过四个不同版本的德文版《少年纤夫》给小傅。2014年,小傅通过朋友找到了一家广西的出版社签订了出版合同,出版社请葛囡囡博士翻译了最后一版的原著,小傅再请奉节当地的文化人张昌龙先生做了细致校订。昌龙先生小时候给当纤夫的父亲当过帮手,爷爷与李洪顺是同时代的人,他根据编辑意见,给原文加了六个小标题,加进去滟滪石、依斗门、柏杨坝、冉家坪、十里铺、苞谷粑、纤藤、前架长等许多夔州地方元素,将文字修改得更准确、精炼、流畅。万事俱备,只待出版,不料这家广西的出版社因为人事变动决定不出版此书。小傅继续寻求新的出版社和出版资助经费,经过前后十余年努力,终于得到奉节县文化旅游发展委员会潘万山主任的大力支

少年纤夫 A YOUNG TRACKMAN

150

持。现在,《少年纤夫》中文版终于能与中国读者见面了。

小傅无疑为家乡做了一件很有意义的事,其实也为中国的读者做了一件有意义的事,因为《三峡少年纤夫李的故事》不仅具有很强的纪实性,而且具有很高的艺术价值!

海德维希·魏司这本描述19世纪末中国贫苦少年的青少年小说,终于能够在近百年后(原书初版于1932年,作者灵感来源于1911年的入川之旅),在书中主人公家乡的大力支持下以中文形式出版,实乃一大幸事,也在此告慰二位热爱中国文化的德国老人的在天之灵,他们的一桩心愿终于了却了!

作者的孙女,塔玛拉·魏司完成《巴蜀老照片》画册的编辑出版回到德国后,继续搜集整理其祖父母留下的图片和文字资料,在柏林人类历史博物馆与助手一起工作,甚至当发现自身已身患癌症时也未停下手中的工作。塔玛拉·魏司因癌症恶化不幸于2016年去世,享年六十六岁。Fritz Weiss Als deutscher Konsul in China, Erinnerungen 1899—1911《一个德国外交官在中国的经历(1899—1911年)》一书是塔玛拉·魏司生前整理祖父母的日记、回忆录等文稿及相关出版物,并遍访在世的亲朋好友,依据大量一手材料编写而成。塔玛拉·魏司的助手与德国柏林人类历史博物馆的学者一起完成了她后期未尽的工作，于2017年在德国正式出版。

塔玛拉·魏司的这本遗著具有珍贵和丰富的历史史料价值，书中的资料可以和现有的文献进行对比和互证分析，有助于研究百年前中国西南地区，特别是少数民族居住地区的历史和文化，我们也正在筹备尽快将此书翻译后在中国出版。

感谢塔玛拉·魏司！

特别感谢小说主人公原型，三峡少年纤夫李洪顺家乡的政府机构——重庆市奉节县文化和旅游发展委员会对于本书的出版资助和大力支持！

黄新路

2020.8.15 于成都